Ein

ganzes

Leben

한
평
생

한평생

로베르트 제탈러 지음 오공훈 옮김

그러나

일러두기

- 각주는 모두 옮긴이 주임.

1933년 2월 어느 날 아침, 안드레아스 에거는 죽어가는 염소지기 요하네스 칼리슈카를 흠뻑 젖고 시큼한 냄새가 풍기는 돗짚 자리*에서 들어올렸다. 3킬로미터 거리나 되는, 엄청난 두께로 쌓인 눈에 파묻힌 산길을 따라 마을로 내려가기 위해서였다. 골짜기에 사는 주민들은 요하네스 칼리슈카를 '뿔 달린 하네스'라고 불렀다.

에거는 이상한 예감이 들어 뿔 달린 하네스가 살고 있는 오두막을 찾아갔다. 그리고 오랫동안 꺼져 있는 난로 뒤에 쌓아놓은 오래된 염소 가죽 더미 아래에서 몸을 웅크리고 있는 노인을 발견했다. 염소지기는 뼈가 다 드러날 정도로 수척하고 유령처럼 창백한 모습으로 어둠 속에서 에거를 응시했고, 에거는 죽음이 이미 노인의 이마 뒤에 웅크리고 앉아 있다는 것을 깨달았다. 에

---

* 천 안에 짚을 넣어 만든 매트.

거는 아이를 다루듯 뿔 달린 하네스를 두 팔로 안아올려 마른 이 끼가 깔린 나무지게에 조심스럽게 놓았다. 뿔 달린 하네스는 평생 동안 이 나무지게에 장작과 상처 입은 염소를 지고 산비탈을 넘었다. 에거는 가축 묶는 끈으로 염소지기의 몸을 받침대에 묶은 다음 매듭을 꽉 조였다. 너무 꽉 조이는 바람에 나무가 쪼개졌다. 에거는 염소지기에게 아프냐고 물었다. 그러자 뿔 달린 하네스는 머리를 가로저었고 입을 비죽거리며 웃었다. 하지만 에거는 거짓말이라는 것을 알고 있었다.

새해 첫 주는 이례적으로 따뜻했다. 골짜기의 눈이 녹아, 마을에서는 물방울과 이슬방울이 똑똑 떨어지고 철벅거리는 소리가 끊임없이 들렸다. 하지만 며칠 전부터 얼음 같은 추위가 다시 찾아왔고, 하늘에서는 눈이 쉴 없이 빽빽하게 내렸다. 그러는 바람에 어디를 가든지 폭신한 눈이 온 풍경을 집어삼켰으며, 모든 생명과 소리는 숨이 막힌 듯했다. 처음 몇백 미터를 갈 때까지, 에거는 자신의 등에서 몸을 떨고 있는 남자에게 말을 걸 엄두를 내지 못했다. 그는 앞에 놓인 가파르고 꼬불꼬불한 산길에 충분히 주의를 기울이며 발걸음을 옮겼다. 산길은 산 아래 쪽으로 구불구불 나 있는데다, 눈보라 때문에 한 치 앞도 가늠할 수 없었기 때문이다. 때때로 뿔 달린 하네스가 조금씩 움직이는 것을 느꼈다. "지금 여기서 돌아가시면 안 돼요." 에거는 큰 소리로 혼잣말을 했다. 염소지기의 대꾸를 기대하지는 않았다. 이후 거의 30분 동안 힘겹게 걸음을 옮기면서, 오로지 자신이 숨을 헐떡이는 소리만 귀에 들렸을 뿐이다. 그러다 뒤편에서 대꾸가 들려왔다. "죽는 게 최악의 상황은 아닐 걸세."

"하지만 제 등에서 돌아가시면 안 돼요!" 에거는 이렇게 말하고 어깨에 맨 가죽끈을 고쳐매기 위해 걸음을 멈추었다. 그는 잠시 소리 없이 내리는 눈의 소리를 들으려 귀를 기울였다. 고요함은 완벽했다. 익히 잘 알고 있지만 여전히 그의 심장을 두려움으로 가득 차게 만드는 산의 침묵이었다. "제 등에서는 안 된다고요." 에거는 같은 말을 반복하고 발걸음을 다시 옮겼다. 굽잇길을 지날 때마다 눈은 점점 빽빽하게 내리는 듯했다. 끊임없이, 부드럽게, 하지만 소리라고는 전혀 없이. 뒤에 있는 뿔 달린 하네스는 점차 몸을 움직이는 일이 드물어졌다. 그러다가 마침내 전혀 미동도 하지 않아, 에거는 최악의 경우를 헤아리지 않을 수 없었다.

"이제 돌아가신 건가요?"

에거가 물어보았다.

"안 죽었어. 이 절름발이 마귀 녀석 같으니라고!"

놀랍게도 또렷한 목소리가 되돌아왔다.

"제 말은 그냥, 마을에 도착할 때까지 버티셔야 한다는 뜻이에요. 그런 다음에는 하고 싶은 대로 하셔도 돼요."

"그럼 마을에 도착할 때까지 버티기 싫다면 어떻게 되는 거지?"

"버티셔야 해요!"

에거가 말했다. 이제 그는 염소지기와 충분히 대화를 나누었다는 생각이 들었다. 그래서 이후 30분 동안 그들은 아무 말 없이 앞으로 나가기만 했다.

　마을에서 위쪽 방향 직선거리로 약 300미터에 있는 가이어칸테* 의 정상에는, 첫 번째로 보이는 눈잣나무가 등이 굽은 난쟁이처럼 눈을 잔뜩 짊어진 채 휘어져 있었다. 길을 잃은 에거는 비틀거리며 앞으로 나가다가 바닥에 주저앉았고 그 바람에 산비탈을 따라 20미터 아래로 미끄러져 내려갔다. 그는 성인의 키만 한 표석漂石**이 있는 곳에서 멈추었다. 바위의 그림자가 드리워진 이곳은 바람도 전혀 불지 않고 눈도 훨씬 천천히 떨어지는 듯했다. 에거는 주저앉아 지게에 등을 살짝 기댔다. 왼쪽 무릎에서 찌르는 듯한 통증을 느꼈지만 견딜 만했고 다리는 아주 말짱했다. 뿔 달린 하네스는 잠시 동안 몸을 전혀 움직이지 못했다. 그러다가 갑자기 기침을 하기 시작하더니 드디어 말을 할 수 있게 됐다. 하지만 목소리가 쉬고 낮아서, 에거는 거의 알아들을 수 없었다.

　"안드레아스 에거, 넌 어디에 눕고 싶으냐?"

　"뭐라고요?"

　"어느 땅에 묻히고 싶으냐고?"

　"모르겠는데요." 에거가 대답했다. 이 질문에 대해 한 번도 곰곰이 생각해본 적이 없었고, 그의 견해에 따르면 그런 생각을

● 칸테는 '양면이 가파른 절벽인 바위 능선'을 일컫는 말임.

●● 빙하의 작용으로 운반되었다가 빙하가 녹은 뒤에 그대로 남게 된 바윗돌. 주변의 돌과는 전혀 달라 눈에 띔.

하며 시간을 허비하는 것은 전혀 가치가 없어 보였다. "땅은 땅일 뿐이에요. 어디에 눕든, 다 마찬가지예요."

"아마도 다 마찬가지겠지. 마지막에 이르면 모든 것이 마찬가지인 것처럼 말이야." 에거는 뿔 달린 하네스가 이렇게 속삭이는 것을 들었다. "그나저나 추위가 만만치 않구먼. 뼈를 물어뜯는 추위 말이야. 영혼도 물어뜯지."

"영혼도요?"

에거가 물었다. 갑자기 척추 쪽으로 오싹한 기운이 지나갔다.

"무엇보다 영혼을 물어뜯는다고!"

뿔 달린 하네스가 대꾸했다.

그는 이제 머리를 지게 가장자리 밖으로 최대한 쭉 내밀고, 벽처럼 두툼한 안개와 눈이 내리는 광경을 응시했다. "영혼과 뼈와 정신과, 일생 동안 매달리고 믿는 모든 것을 말이야. 영원한 추위가 모든 것을 물어뜯지. 어떤 책에 쓰여 있는 내용일 게야. 내가 그런 내용을 들어본 적이 있으니까. 죽음은 새로운 생명을 낳는다고 사람들이 말하더군. 하지만 사람들은 아주 멍청한 암염소보다도 훨씬 더 멍청해. 나는 이렇게 말하겠어. 죽음은 아무것도 낳지 않는다고! 죽음은 차가운 여인이야."

"죽음이…… 뭐라고요?"

"차가운 여인이라고." 뿔 달린 하네스는 되풀이해서 말했다. "그 여인은 산 위를 거닐고 골짜기 사이사이를 살금살금 걸어다니지. 자기가 원하는 때에 오고, 필요한 것을 얻어낸다고. 얼굴도 없고 목소리도 없어. 차가운 여인은 와서 가져가고 사라져버리지. 그게 다야. 그 여인은 지나가면서 너를 붙잡고 너를 데려가고 너를 어떤 구멍 속으로 집어넣지. 그리고 그 여인이 최종적으로 너를 파묻기 전에 너는 마지막으로 하늘 한 뼘을 보게 되지. 그 여인은 다시 한 번 불쑥 나타나 네게 입김을 불지. 그런 다음 네 곁에는 온통 어둠만 머무르게 될 뿐이야. 또한 차가움도 남지."

에거는 눈 내리는 하늘을 올려다보며 잠시 두려움에 빠졌다. 하늘에서 무언가가 불쑥 나타나 얼굴에 입김을 불어넣을 수도 있겠다는 생각이 들어 불안했다. "주여." 에거는 이를 악문 채 중얼거렸다. "이것 참 좋지 않군."

"맞아, 참으로 좋지 않지." 뿔 달린 하네스가 말했다. 목소리가 두려움 때문에 거칠고 탁했다. 두 남자는 더 이상 움직이지 않았다. 이제 바람이 조용히 노래 부르는 소리가 적막을 덮었다. 바람은 암벽으로 된 산마루를 쓰다듬고, 눈을 가느다란 종이 깃발처럼 이쪽으로 흩날렸다. 갑자기 에거는 어떤 움직임을 느꼈고, 몇 초가 지나자 뒤로 넘어졌다. 등이 눈 속에 파묻혔다. 뿔 달린 하네스가 어찌어찌 매듭을 겨우 풀고 지게에서 재빠르게 기어나온 것이다. 이제 염소지기는 그곳에 서 있었다. 갈기갈기 찢어진 옷을 걸친 바싹 마른 그는 바람에 가볍게 흔들거렸다. 에거는 그 모습을 보고 다시 한 번 소름이 끼쳤다. "지금 당장 지게로 올라타세요." 에거가 말했다. "그리고 싶지 않다면 뭔가를 붙잡고 계시던가요."

뿔 달린 하네스는 머리를 앞으로 내밀고 그대로 멈춰 있었다. 그는 눈 속에 파묻혀버린 에거가 하는 말을 잠깐 동안 귀 기울여 듣는 듯했다. 그러다가 몸을 돌리더니 펄쩍 뛰어올라 산 위로 달리기 시작했다. 에거는 벌떡 일어났다가 미끄러지는 바람에 또 넘어지고 말았다. 등은 다시 눈에 파묻혔고, 욕이 저절로 나왔다. 두 손을 뻗어 바닥을 받친 다음 두 다리로 다시 일어나려 했다. "돌아오세요!" 에거는 놀라운 속도로 껑충껑충 뛰어가는 염소지기의 뒷모습을 향해 소리쳤다. 하지만 뿔 달린 하네스는 더 이상 그의 말을 듣지 못했다. 에거는 어깨에 매고 있던 끈을 풀었다. 그러자 지게가 바닥으로 떨어졌다. 그는 염소지기를 쫓아 달렸다. 하지만 몇 미터도 채 못 가서 숨이 차올라 멈춰야 했다. 이곳 비탈길은 너무 가파른 데다 발걸음을 옮길 때마다 엉덩이 부분까지 눈 속에 빠졌다. 그의 앞에는 바싹 마른 사람의 형체가 빠른 속도로 점점 작아지고 있었다. 마침내 사람 형체는 도저히 분간할 수 없는 새하얀 눈보라 속으로 녹아들었다. 에거는 두 손을 깔때기 모양으로 만들어 입에 대고 있는 힘껏 소리 질렀다. "멈추란 말이에요, 이 멍청한 개 같은 양반아! 누구라도 죽음보다 빨리 달릴 수는 없다고요!" 그러나 소용없었다. 뿔 달린 하네스는 사라지고 말았다.

안드레아스 에거는 남은 몇백 미터를 내려가 마을에 도착했다. '황금 영양'이라는 여관 겸 음식점에 들어가 기름에 튀긴 도넛

한 접시와 수제 크라우터러 소주 한 잔으로 심하게 놀란 그의 영혼을 따스하게 만들고 싶었다. 에거는 타일을 입힌 오래된 난로 바로 옆자리를 찾아 앉은 다음 두 손을 탁자에 올렸다. 따스한 피가 서서히 손가락으로 다시 흘러 들어오는 느낌이 들었다. 난로에 난 작은 문이 열려 있었고, 그 안에는 불이 탁탁 소리를 내며 타고 있었다. 에거는 잠깐 동안 불꽃 속에서 염소지기의 얼굴이 보였다고, 염소지기가 꼼짝도 하지 않은 채 그를 응시했다고 믿었다. 에거는 황급히 난로 문을 닫았고, 두 눈을 꼭 감은 채 소주를 단숨에 마셔버렸다. 눈을 다시 떠보니 젊은 여성이 그의 앞에 서 있었다. 그녀는 두 손을 허리에 얹은 채 에거를 바라보며 그냥 거기에 서 있었다. 그녀의 아마 빛 금발 머리카락은 짧았으며, 피부는 난로의 온기 때문에 장밋빛으로 빛났다. 에거는 저절로 갓 태어난 새끼 돼지가 떠올랐다. 그는 어렸을 때 때때로 짚 더미에서 새끼 돼지를 들어올려 흙, 우유, 돼지 똥오줌 냄새를 풍기는 폭신한 배에 얼굴을 파묻곤 했다. 에거는 두 손을 내려다보았다. 돌연 두 손이 우스워 보였다. 두 손은 무겁게, 쓸모없이, 우둔하게 탁자에 놓여 있는 것 같았다.

"한 잔 더 드릴까요?" 젊은 여성이 물어보았고, 에거는 고개를 끄덕였다. 그녀는 술잔을 새로 가져다주었다. 그녀가 탁자에 술잔을 놓으려고 몸을 앞으로 숙이자, 블라우스 주름 부분이 그의 위팔을 스쳤다. 접촉은 거의 알아차릴 수 없을 정도였지만, 미묘한 통증을 남겼다. 통증은 매 초가 지날 때마다 그의 살 속으로 깊숙이 파고들었다. 에거는 그녀를 바라보았다. 그녀는 미소 지었다.

이후 안드레아스 에거는 평생 동안 이 순간을 자꾸만 돌이켜 회상했다. 아주 약하게 후두둑 소리를 내던 여관 난로 앞에서 보낸 오후를. 그리고 그녀가 짧은 순간 지었던 미소를.

에거가 나중에 다시 바깥으로 나갔을 때, 눈은 이미 그쳐 있었다. 날씨는 추웠고 공기는 청명했다. 안개 한 조각이 산을 기어오르고 있었고, 산꼭대기에는 이미 햇살이 빛나고 있었다. 에거는 마을을 뒤로 한 채 수북이 쌓인 눈밭을 힘껏 내디디며 집으로 향했다. 오래된 판자다리에서 몇 미터 아래쪽에 있는 급류 지점에서 아이 여러 명이 뛰어놀고 있었다. 아이들은 책가방을 눈밭에 던져놓고 개울 바닥 주위를 기어다녔다. 아이들 가운데 몇 명은 바닥에 주저앉아 얼어붙은 도랑 아래로 미끄러져 내려갔고, 모두 합쳐 네 명인 다른 아이들은 얼음 위를 기어가면서 얼음 아래에서 아주 약하게 나는 꾸르륵 소리에 귀를 기울였다. 아이들은 에거를 발견하자 함께 모여 소리 지르기 시작했다. "절름발이! 절름발이!" 골짜기 아주 높은 곳을 돌던 젊은 검독수리가 협곡에 떨어진 영양이나 목초지에 있는 새끼 염소를 낚아챌 때 울부짖는 소리처럼, 아이들의 목소리는 투명한 대기 속에서 유리처럼 선명하고 깨끗하게 울려퍼졌다. "절름발이! 절름발이!" 에거는 지게를 내려놓고 튀어나온 개울가에서 주먹만 한 얼음 조각을 꼈다. 그러고는 팔을 힘껏 쳐들고 얼음 조각을 아이들이 있는 방향으로 던졌다. 너무 높이 던지는 바람에 얼음 조각은 아이들의 머리 위를 스쳐 멀리 날아가버렸다. 얼음 조각이 날아간 포물선 중 가장 높은 지점에서 얼음 조각은 잠깐 동안 하늘에서 꼼짝도 하지 않고 있는 것처럼 보였다. 햇살에 반짝 빛나는 작은 별 같았다. 그러다가 얼음 조각은 떨어져, 눈에 갇혀 옴짝달싹 못 하는 전나무 그늘 속으로 소리 없이 사라졌다.

* * *

3개월 뒤 에거는 바로 그 자리, 나무 그루터기에 걸터앉아 있었다. 그러고는 골짜기 어귀가 누르스름한 먼지구름으로 뿌예지는 광경을 지켜보았다. 바로 골짜기 어귀에서 노동자 260명, 기계공 12명, 엔지니어 4명, 이탈리아 여성 요리사 7명은 물론, 특별한 명칭이 붙지 않은 소수의 보조 인력으로 이루어진 건설 팀이 모습을 드러내더니 마을로 가까이 왔다. 이들은 '비터만 운트 죄네'•라는 회사에서 구성한 건설 팀이었다. 멀리서 보면 건설 팀은 거대한 가축 떼처럼 보였고, 두 눈을 가늘게 뜨면 여기저기서 위로 뻗은 팔이나 어깨 위에 멘 곡괭이만 겨우 알아볼 수 있었다. 무거운 기계, 공구, 강철 기둥, 시멘트, 다른 건축 자재를 실은 마

• '비터만과 아들'이라는 뜻.

차와 화물차가 건설 팀 행렬의 선두를 형성하고 있었다. 마차와 화물차는 사람 걸음걸이 속도로 포장되지 않은 길을 따라 움직이고 있었다. 디젤 엔진에서 부르릉거리는 둔중한 소리가 골짜기에 메아리치는 경우는 처음이다. 주민들은 길가에 말없이 서 있었다. 그러다가 갑자기 늙은 마구간 일꾼인 요제프 말리처가 펠트 모자를 머리에서 잡아뜯듯 벗더니 환호성을 지르며 공중으로 던졌다. 이에 다른 사람도 환호하고, 소리 지르고, 고함을 치기 시작했다. 주민들은 지난 몇 주 동안 봄이 시작되기를, 봄과 함께 건설 팀이 도착하기를 간절히 기다렸다. 케이블카를 설치할 예정이었기 때문이다. 직류로 가동하는 공중 케이블카로, 사람들은 연한 파란색의 목재 객차를 타고 산 위를 올라가 산 전체의 전경을 즐기게 될 것이다. 이는 엄청난 계획이었다. 두께가 25밀리미터인 와이어로프*는 하늘 높이 뜬 채 거의 2,000미터나 되는 거리를 가로지를 것이고, 교미 중인 살무사처럼 줄과 줄이 서로 꼬여 있을 것이다. 1,300미터나 되는 고도 차이를 극복해야 하고 협곡 위를 건너질러야 하며, 바위가 튀어나온 부분은 폭파해야 한다. 케이블카와 더불어 전기도 골짜기로 들어올 것이다. 붕붕거리는 케이블을 따라 전류가 흐를 것이고, 거리와 방과 외양간이 밤마다 따뜻한 불빛으로 환해질 것이다. 사람들은 청명한 대기 속으로 모자를 던지고 환호성을 내지르면서, 이 모든 것

---

* 여러 가닥의 강철 철사를 합쳐 꼬아 만든 줄.

을, 심지어 이보다 더한 것을 생각했다. 에거도 기꺼이 함께 환호성을 질러야 하겠지만, 어떤 이유 때문에 나무 그루터기에 그냥 앉아 있기만 했다. 침울한 느낌이 들었다. 왜 그런지는 몰랐다. 아마도 엔진이 내는 부르릉 소리 때문일지도 몰랐고, 갑자기 골짜기를 가득 채운, 언제 사라질지 도저히 알 수 없는, 아니 과연 사라질 날이 오기는 할지 가늠이 되지 않는 소음 때문일지도 몰랐다. 에거는 잠시 동안 계속 앉아 있었지만 더 이상 견딜 수 없었다. 그는 벌떡 일어나 달려 내려갔다. 길가에 있는 다른 사람들 곁에 자리를 잡고 환호성을 질렀다. 할 수 있는 한 가장 큰 소리로 질렀다.

어린 시절 안드레아스 에거는 소리를 치거나 환호성을 지른 적이 한 번도 없었다. 그는 1학년이 되어서야 제대로 말을 할 수 있었다. 노력 끝에 그는 한 줌의 낱말을 머리 속에서 모았지만, 낱말을 임의의 순서로 나열하는 순간은 극히 드물었다. 말을 한다는 것은 주의를 끈다는 것을 의미했고, 이는 절대 좋지 않은 결과를 보장했다. 1902년 여름, 에거는 아주 어린 나이에 마차를 타고 도시에서 멀리 떨어진 산간 지역으로 들어왔다. 그때 이후 줄곧 그는 말을 못하는 상태로 있었고, 두 눈을 크게 뜨고 하얗게 반짝이는 산꼭대기를 올려다보며 경탄했다. 그때 에거는 네 살이었던 것 같다. 아니면 그 나이보다 더 적거나 많았을 수도 있다. 아무도 에거의 나이를 정확히 몰랐고, 누구도 관심을 보이지 않았다. 기껏해야 대농★農인 후베르트 크란츠슈토커만 에거에게 약간의 관심을 보였다. 그는 꼬마 에거를 마지못해 받아들였고 마부에게 술값으로 푼돈 2그로셴●과 딱딱한 빵 한 조각을 주었다. 꼬마 에거는 크란츠슈토커의 여러 처제 중 한 명의 외아들이었다. 에거의 엄마는 불안정한 삶을 이어나가다가 이로 인해 얼마 전 사랑하는 하느님이 벌을 내려 폐결핵에 걸렸고, 결국 주님의 품으로 돌아갔다. 그래도 지폐 몇 장이 든 가죽 주머니가 꼬마의 목에 걸려 있었다. 이는 크란츠슈토커가 아이를 지옥으로 꺼지게 하거나 성당 문 앞에 놓아두어 신부가 거두도록 해서는 절대로 안 된다는 근거로 삼기에 충분했다. 그의 견해에 따르면 이렇게 하나 저렇게 하나 별 차이가 나지 않는다는 것이었다. 어쨌든 이제 에거는 계속 이곳에 서서 산을 바라보며 감탄했다. 이 장면은 에거의 초기 유년 시절의 유일한 광경으로 남았고, 그는 이 장면을 평생 마음속에 간직했다. 그때 이전의 기억은 전혀 떠오르지 않았고, 이후 크란츠슈토커의 농장에서 보낸 첫 해도 기억이 나지 않았다. 기억은 언젠가 과거의 안개 속으로 녹아버렸다.

에거가 다음으로 기억하는 내용은 대략 여덟 살 때의 일이다. 깡말랐던 에거는 벌거벗은 채 황소 멍에에 매달려 있었다. 그의 머리와 다리는 말 오줌 냄새가 진동하는 땅 바로 위에서 이리저리 흔들렸고, 작고 하얀 엉덩이는 겨울 공기에 그대로 드러

● 유럽 연합에 가입하기 전에, 오스트리아에서 사용하던 화폐 단위.

나 있었다. 그리고 크란츠슈토커가 개암나무로 만든 회초리로 후려친 느낌이 기억에 남았다. 항상 그랬듯 크란츠슈토커는 회초리를 물에 담가두어 부드럽게 만들었다. 이제 회초리는 한숨을 쉬는 듯한 소리를 내며 에거의 엉덩이에 내려앉기 전, 공기 중에서 짧지만 맑고 날카롭게 쉿쉿 소리를 냈다. 에거는 절대 비명을 지르지 않았고, 여기에 자극받은 크란츠슈토커는 더욱 딱딱하고 매서운 회초리를 만드는 데 골몰했다. 땅과 그 위를 뛰어노는 모든 것을 복종시키기 위해 하느님의 손이 이 남자를 만들고 단련시킨 것 같았다. 이 남자는 하느님의 뜻을 수행하고 하느님의 말씀을 읊는다. 이 남자는 허리 힘으로 생명을 창조하고, 팔힘으로 생명을 거두어간다. 이 남자는 육신이요 땅이요 농부다. 그의 이름은 바로 후베르트 크란츠슈토커다. 그는 마음에 들거나 기분이 좋을 때면 경작지를 파헤치거나 다 자란 암퇘지를 움켜잡아 어깨에 들쳐메거나, 한 아이를 태어나게 하거나, 다른 아이를 황소 멍에에 매달아놓는다. 그는 남자이자 말이며 행동 그 자체이기 때문이다. 크란츠슈토커는 "하느님께서 널 용서해주시기를."라며 회초리를 휙휙 내려쳤다. "하느님께서 널 용서해주시기를."

벌을 받는 이유는 넘칠 정도로 많았다. 우유를 쏟거나, 빵에 곰팡이가 피었거나, 소가 없어졌거나, 저녁 기도를 잘못 더듬거렸거나, …… . 일단 크란츠슈토커가 회초리를 너무 두껍게 깎았거나 회초리를 물에 담가 부드럽게 만드는 것을 잊어버렸거나 평소보다 더 격노했을 때는, 얼마나 아픈지 뭐라 정확하게 표현할 방법이 없다. 여하튼 흠씬 두들겨 맞다가 조그마한 몸 어딘가에서 부러지는 소리가 크게 났고, 소년은 더 이상 몸을 움직일 수 없었다. "하느님께서 널 용서해주시기를." 깜짝 놀란 크란츠슈토커는 이렇게 말하고는 두 팔을 아래로 내렸다. 꼬마 에거는 집으로 실려 들어와 짚에 눕혀졌다. 물이 든 양동이와 우유가 든 잔을 들고 온 농부의 아내가 생명을 다시 살려냈다. 오른쪽 다리는 뭔가 뒤죽박죽이 된 상태였지만, 당시 병원에서 진찰하려면 돈이 많이 들었기 때문에, 이웃 마을에 사는 접골사 알로이스 클라머를 데려왔다. 알로이스 클라머는 상냥한 남자였고, 연분홍빛을 띤 그의 손은 유별나게 작았다. 하지만 그의 손이 발휘하는 힘과 능숙한 솜씨는 벌목꾼과 대장장이 사이에서 전설로 통했다. 클라머는 몇 년 전 대농 히르츠의 농장으로 불려온 적이 있다. 대단히 강한 괴물로 자란 히르츠의 아들이 잔뜩 취한 상태에서 마구간 지붕에 올라갔다가 땅으로 떨어져 뼈가 부러졌기 때문이다. 그는 통증 때문에 몇 시간을 몸부림치며 닭 오물 속을 굴러다녔고, 발음이 분명치 않은 소리를 크게 질러댔다. 사람들이 그를 붙잡으려 할 때마다 그가 쇠스랑을 휘둘러댔기 때문에 아무도 그를 붙잡을 수 없었다. 알로이스 클라머는 이에 아랑곳하지 않는다는 듯한 미소를 지으며 그에게 가까이 다가가 쇠스랑 공격을 노련하게 피하고는, 두 손가락으로 그의 콧구멍을 정확하게 찔렀다. 그러고는 몇 가지 안 되는 간단한 동작으로 그

19

를 무릎 꿇린 뒤에, 탈구된 뼈를 제자리로 돌아오도록 조치했다.

접골사 알로이스 클라머러는 꼬마 에거의 부러진 넙다리뼈도 다시 끼워 맞췄다. 그러고 나서 그는 길고 가느다란 각목 두어 개로 부목을 댔고, 약초를 넣은 고약을 다리에 바른 다음 두꺼운 붕대로 동여맸다. 치료를 받은 뒤 6주 동안 에거는 다락방 볏짚자리 위에 누운 채 보내야 했다. 누운 상태에서 사발에 담은 오래된 크림을 먹어치우는 것이 그가 하는 일의 전부였다. 몇 년 뒤 어른으로 성장해 죽어가는 염소지기를 등에 업고 산을 내려갈 수 있을 정도로 힘이 충분히 세졌을 때에도, 안드레아스 에거는 약초, 쥐똥, 자신의 똥오줌 냄새가 진동하던 다락방에서 보낸 여러 날 밤을 회상했다. 아래층 방의 온기가 마루청을 통해 다락방으로 올라오는 것을 느꼈다. 크란츠슈토커의 자식들이 잠이 든 채 내는 아주 약한 신음 소리, 크란츠슈토커가 내는 천둥처럼 요란한 코 고는 소리, 그의 아내가 내는 뜻 모를 목소리를 들었다. 외양간에서 가축들이 내는 소리 —바스락거리는 소리, 숨 쉬는 소리, 와작와작 씹는 소리, 가쁘게 숨 쉬는 소리가 들려왔다. 때때로 잠이 오지 않는 달 밝은 밤에, 달이 조그마한 채광창에 모습을 드러내면 에거는 최대한 똑바른 자세로 몸을 일으키려 애썼다. 달에 좀 더 가까이 다가가고 싶었기 때문이다. 달빛은 다정하고 부드러웠으며, 달빛 아래에서 발가락을 눈여겨보노라면 발가락이 작고 둥근 치즈 조각처럼 보였다.

6주가 지난 뒤 마침내 붕대를 풀기 위해 접골사가 다시 불려왔을 때, 다리는 닭뼈처럼 가늘었다. 게다가 다리는 엉덩이 부분에서 삐뚤어진 모양으로 튀어나와 있었고, 전체적으로 약간 구부러지고 비틀린 듯했다. "인생에서 모든 것이 그러하듯, 다리도 네가 자라면서 정상이 될 거야." 클라머러는 갓 짜낸 우유가 담긴 사발에 손을 담가 씻으며 이렇게 말했다. 꼬마 에거는 이를 악물고 통증을 견뎌내며 침대에서 내려와 다리를 질질 끌고 집 밖으로 나와, 앵초와 레오파드 베인*이 피어 있는 양계장으로 발걸음을 조금씩 옮겼다. 잠옷을 벗어던지고 두 팔을 뻗은 채 풀밭에 누웠다. 햇살이 그의 얼굴을 가득 비추었다. 에거가 기억하는 한 난생처음, 엄마를 생각했다. 이미 오래전부터 더 이상 모습이 떠오르지 않게 된 엄마를. 엄마는 어떻게 생겼던가? 누워 계신 상태로 마지막 순간을 맞았을 때 엄마는 어떤 모습이었던가? 아주 작고 마르고 창백했던가? 엄마 이마에 비친 햇살 한 가닥이 부르르 떨렸던가?

에거는 기운을 되찾았다. 하지만 다리는 계속 휘어져 있는 상태였고, 이때부터 그는 평생 동안 다리를 절뚝거리며 살아야 했다. 언제나 오른쪽 다리는 나머지 신체 부위보다 더 오랜 순간이 필요한 것처럼 보였다. 매번 발걸음을 내딛기 전에, 처음에는 도대체 이런 종류의 노력을 기울일 가치가 있는지 심사숙고하는 것처럼 보였다.

---

* 국화과의 여러해살이 풀. 노란 꽃이 핌.

이후 안드레아스 에거의 유년 시절에 대한 기억은 해어지고 단편적으로만 떠올랐다. 한번은 산이 스스로 움직이기 시작하는 광경을 본 적이 있다. 그늘진 산 측면 쪽에서 휙 밀치는 듯한 충격이 일어난 것 같았고, 낮은 신음 소리와 함께 산비탈 전체가 미끄러지기 시작했다. 숲속 성당과 몇몇 건초 더미가 흙더미에 휩쓸려갔고, 산 아래에 있는, 몇 년 전에 버려진 케른슈타이너 씨네 집 농장에 세워진 흔들거리던 외벽이 흙더미에 묻혀버렸다. 한쪽 뒷다리가 헐어서 무리에서 떨어뜨려 놓으려고 벚나무에 묶어 놓은 송아지 한 마리가 나무와 함께 공중으로 날아올랐다. 송아지는 깜짝 놀란 눈으로 잠깐 동안 골짜기 너머를 보았다. 하지만 곧 밀려드는 돌 더미가 송아지와 벚나무를 삼켜버렸다. 에거는 사람들이 집 앞에 서서 입을 다물지 못한 채 다른 쪽 골짜기 측면에서 일어나는 참사를 구경하던 광경이 떠올랐다. 아이들은 손을 꼭 쥔 채 있었고, 남자들은 잠자코 있었고, 여자들은 흐느껴 울었다. 그 와중에 노인들이 주기도문을 암송하느라 웅얼거리는 소리가 들렸다. 며칠 뒤 몇백 미터 아래에서 송아지가 발견됐다. 벚나무에 여전히 묶여 있는 상태로 개울 굽이진 곳에 누워 있었다. 송아지의 배는 부풀어오른 상태였고 뻣뻣한 다리는 하늘을 향하고 있었으며 흐르는 물이 송아지를 씻어내리고 있었다.

에거는 크란츠슈토커의 아이들과 침실에 놓인 커다란 침대를 함께 썼다. 그렇다고 에거가 그들의 일원이라는 의미는 아니었다. 농장에서 보낸 시절 내내 에거는 외지인 취급을 받았고 겨우겨우 참아내야 하는 아이로, 하느님의 벌을 받은 처제의 사생아로, 농부가 은혜를 베푼 덕분에 목에 건 가죽 주머니에 든 물건을 온전히 지닐 수 있던 아이로 살아야 했다. 근본적으로 에거는 아이 취급을 받지 않았다. 그는 일하고 기도하고 엉덩이를 내밀어 개암나무 회초리를 맞아야 하는 피조물이었다. 크란츠슈토커의 늙은 장모인 디아늘만 유일하게 가끔씩 에거에게 따스한 눈길을 보내거나 다정하게 말을 붙일 뿐이었다. 때때로 그녀는 에거의 머리에 손을 얹고 "하느님의 축복이 있기를."이라고 짤막하게 중얼거리기도 했다. 에거는 건초를 만들다가 디아늘이 갑작스럽게 죽었다는 소식을 듣고 ─ 그녀는 빵을 굽다가 의식을 잃었고, 앞으로 넘어지면서 얼굴이 밀가루 반죽에 파묻히는 바람에 숨이 막혀 죽고 말았다. ─ 낫을 떨어뜨렸고 아무 말도 못한 채 아들러칸테까지 올라가, 그늘진 장소에 숨어 흐느껴 울었다.

디아늘의 시신은 사흘 동안 저택과 외양간 사이에 있는 조그마한 방에 안치되었다. 방은 아주 깜깜했다. 창문으로 들어오는 빛을 차단했고 벽은 검은 천으로 덮었다. 디아늘의 두 손은 나무로 만든 묵주 위에 포개어져 있었다. 깜빡거리는 초 두 개가 그녀의 얼굴을 비추었다. 시신이 썩는 냄새가 온 집 안에 빠르게 퍼졌다. 바깥에는 여름 날씨가 기승을 부렸고, 시신이 놓인 방의 틈새마다 열기가 뚫고 들어왔다. 마침내 거대한 하플링거* 두 마리

• 말목 말과에 속하는 포유류로, 어깨높이가 약 142센티미터인 조랑말.

가 끄는 영구차가 오자, 크란츠슈토커 농장 사람들이 시신에게 마지막 작별 인사를 하려고 모였다. 크란츠슈토커는 성수를 시신에 뿌린 뒤 헛기침을 하고 몇 마디 말을 시작했다. "디아늘은 이제 떠나십니다." 그는 말을 이어갔다. "어디로 갈지는 아무도 모르지만, 반드시 가야 할 곳으로 가십니다. 노인은 돌아가시면서, 남은 이에게 새로운 자리를 내어주십니다. 지금 바로 그러하고, 항상 그러할 것입니다. 아멘!" 사람들은 시신을 마차에 실었다. 으레 그랬듯, 마을 공동체 전체가 참여한 장례 행렬은 천천히 움직이기 시작했다. 장례 행렬이 대장간을 지나갈 때, 검게 그을린 문이 벌컥 열리더니 대장장이가 키우는 개가 바깥으로 튀어나왔다. 개의 털가죽은 새까만 색이었고 다리 사이에는 부풀어 오른 성기가 튀어나와 새빨간 빛을 발하고 있었다. 개는 쉰 목소리로 짖어대며 마차로 돌진했다. 마부는 채찍으로 개의 등을 내리쳤지만, 개는 아픔을 느끼지 못하는 것 같았다. 개는 말을 덮쳐 뒷다리를 물고 늘어졌다. 하플링거는 뒷다리로 우뚝 서면서 개를 차버렸다. 거대한 말발굽이 개의 머리를 강타했고, 무언가가 부서지는 소리가 났다. 개는 컹컹 짖다가 자루처럼 땅바닥에 꼬꾸라졌다. 상처 입은 말이 비틀거리며 비스듬히 걸어가는 바람에 마차는 웅숙수가 고여 있는 도랑으로 굴러떨어져 산산조각 날 위험에 처했다. 마부는 마부석으로 튀어올라 재빠르게 고삐를 부여잡았고, 마차가 길에서 벗어나지 않도록 안간힘을 썼다. 운송 중에는 일단 임시로 닫아놓고 무덤에서 최종적으로 못질할 예정이던 관 덮개가 열리는 바람에, 그 틈새로 죽은 이의 팔이 나왔다. 방에 안치되었을 때 디아늘의 손은 어둠 속에서 눈처럼 새하얗게 보였지만, 여기 정오의 밝은 햇빛 아래에서는 마치 그늘진 시냇가에 피었다가 햇볕이 닿자마자 시들어버리는 조그마한 산제비꽃의 꽃잎처럼 노랗게 보였다. 마침내 말은 뒷다리로 우뚝 서더니, 옆구리를 부르르 떨며 멈춰섰다. 에거는 세상을 떠난 디아늘의 손이 관에서 삐져나와 흔들거리는 광경을 보았다. 에거에게 잠깐 동안 작별 인사를 하려고, 오로지 에거만 알아차릴 수 있도록 마지막으로 "하느님의 축복이 있기를."이라고 인사하려고 손을 흔드는 것 같았다. 덮개는 다시 닫혔고 관은 원래 자리로 옮겨졌으며, 장례 행렬은 계속 진행되었다. 개는 길거리에 그대로 남았다. 개는 길가 한쪽에 누운 채 경련으로 몸을 떨다가, 눈이 먼 상태에서 원을 그리고 뱅뱅 돌며 닥치는 대로 주위를 물어뜯는 시늉을 했다. 대장장이가 긴 모루로 개를 때려죽이기 전까지, 개의 턱이 딱딱거리는 소리가 오랫동안 들렸다.

1910년 마을에 학교가 설립되었다. 이제 꼬마 에거는 아침마다 외양간 일을 마친 뒤에 다른 아이와 함께 갓 바른 타르 냄새가 진동하는 교실에 앉아 읽기, 쓰기, 셈하기를 배웠다. 그는 남모르는 내면의 저항에 맞서기라도 하듯 느리게 배웠지만, 점차 서서히 칠판에 잔뜩 뒤엉켜 있는 점과 선으로부터 어떤 의미를 파악해내기 시작했다. 그리고 마침내 그림이 없는 책도 읽을 수 있을 정도로 진전을 이루었다. 에거는 책을 읽으면서 여러 가지를 알게 되었지만, 아울러 골짜기 너머에 있는 세상에 대한 불안도 생겨났다.

크란츠슈토커의 자식 가운데 나이가 가장 어린 아이 두 명이 죽었다. 그들은 어느 기나긴 겨울밤에 디프테리아로 목숨을 잃었다. 이후 농장 일은 전보다 훨씬 힘겨워졌다. 일을 나누어서 할 사람이 줄어들었기 때문이다. 다른 한편으로 이제 안드레아스 에거는 침대에 누울 자리가 더 넓어졌고, 더 이상 나머지 아이들과 빵 조각을 두고 싸우지 않아도 됐다. 어차피 에거와 다른 아이들 사이에는 몸싸움이 거의 일어나지 않았다. 에거가 힘이 아주 세졌기 때문이다. 한쪽 다리가 두 동강 난 사건 이후, 자연이 그에게 무언가를 보상하기라도 한 듯했다. 에거는 열세 살이 되자 젊은 사내 같은 근육을 지니게 됐고 열네 살에는 처음으로 60킬로그램짜리 자루를 들고 곡물 창고의 미닫이문을 지나갔다. 그는 힘이 셌지만, 매사에 느렸다. 그는 느리게 생각했고 느리게 말했고 느리게 걸었다. 하지만 모든 생각, 모든 말, 모든 걸음은 자취를 남겼고, 더욱이 에거의 견해에 따르면 그런 자취는 바로 적절한 곳에 남겨졌다.

에거의 열여덟 번째 생일 다음 날(그의 출생에 대해서는 정확한 정보를 얻을 수는 없었고, 시장은 그냥 임의로 어느 여름날, 즉 1898년 8월 15일을 출생일로 정하고 이런 내용을 적은 증명서를 교부하도록 조치했다.), 저녁 식사 시간에 우유를 넣은 수프가 든 질

그릇이 그의 손에서 미끄러져 둔탁한 소리를 내며 깨지는 사건이 일어났다. 막 빵을 부스러뜨려 넣은 수프가 마룻바닥에 흘렀고, 식사 전 기도를 올리려고 두 손을 포갠 크란츠슈토커는 천천히 일어났다.

"개암나무 회초리를 가져와서 물에 넣어둬라! 30분 뒤에 다시 보자!"

크란츠슈토커가 말했다.

에거는 갈고리에 걸려 있던 회초리를 가져와 가축용 물통 가장자리에 담가놓았다. 그러고는 황소 멍에에 걸터앉아 다리를 흔들었다. 30분이 지난 뒤 크란츠슈토커가 나타났다.

"회초리를 가져와라!"

그가 말했다.

에거는 멍에에서 뛰어내려 회초리를 통에서 꺼냈다. 크란츠슈토커는 회초리를 허공에 휘둘렀고, 쉭쉭 소리가 났다. 손에 쥔 회초리는 부드럽게 휘어졌고, 회초리의 움직임을 따라 은은하게 반짝이는 물방울이 마치 베일과 같은 모양을 이루었다.

"바지를 내려라!"

프란츠슈토커가 명령했다. 에거는 팔짱을 끼더니 머리를 가로저었다.

"이것 봐라, 이 사생아 놈이 농부에게 대들려는구먼."

크란츠슈토커가 말했다.

"저는 혼자 있고 싶습니다. 그것뿐이에요."

에거가 말했다.

농부 크란츠슈토커는 아래턱을 앞으로 내밀었다. 까칠하게 자란 수염 사이에 우유 찌꺼기가 말라붙어 있었다. 목에 있는 핏줄이 툭 불거져 꿈틀거렸다. 그는 한 걸음 앞으로 다가와 팔을 들어올렸다.

"날 때리면, 죽여버릴 거예요!"

에거는 이렇게 말했고, 크란츠슈토커는 움직이다 말고 멈칫했다.

에거가 말년에 이 순간을 회상했을 때, 그들은 그날 저녁 내내 아주 팽팽하게 대립했던 것 같다는 생각이 들었다. 에거는 팔짱을 끼고 서 있었고, 크란츠슈토커는 개암나무 회초리를 쥔 손을 높이 쳐들고 있었다. 두 사람 모두 아무 말도 하지 않은 채 차가운 증오심이 가득 찬 시선으로 서로를 노려보았다. 실제로는 기껏해야 몇 초밖에 되지 않는 시간이었다. 물방울 하나가 천천히 회초리를 타고 내려왔고, 회초리 끝에서 잠깐 떨더니 바닥으로 떨어졌다. 외양간에서 암소가 와작와작 건초를 씹는 소리가 나지막이 들렸다. 집 안에서 아이 한 명이 웃음을 터뜨리는 소리가 들렸고, 그런 다음 농장에서는 다시 아무 소리도 들리지 않았다.

크란츠슈토커는 팔을 내렸다.

"지금 당장 여기서 꺼져라."

그는 높낮이가 없는 단조로운 목소리로 말했고, 에거는 발걸음을 옮겼다.

* * *

안드레아스 에거는 몸이 불편하기는 했지만 기운이 셌다. 그는 일솜씨가 좋고 요구도 덜 하고 말도 별로 없는 데다 밭에서 햇볕의 열기에도 잘 견디는 것은 물론, 숲속에서 살을 에는 추위에도 잘 버텼다. 에거는 무슨 일이든 받아들였고 전혀 불평 없이 믿음직스럽게 일을 해냈다. 낫은 물론 쇠스랑도 잘 다루었다. 에거는 갓 베어낸 풀을 뒤집어 거름과 함께 마차에 실었고, 들판에서 돌과 짚단을 날랐다. 그는 딱정벌레처럼 비탈진 경작지 바닥을 기어가 바위 사이에 오른 다음, 길 잃은 가축이 있나 살펴보았다. 어떤 나무를 어떤 방향으로 베어야 하는지, 쐐기를 어떻게 박아 넣어야 하는지, 톱을 어떻게 줄질해야 하는지, 도끼를 어떻게 갈아야 하는지 잘 알았다. 그는 여관에 가는 일이 드물었고 여관에 가더라도 식사와 맥주 한 잔 또는 크라우터러 소주 외에 다른 것을 먹은 적은 없었다. 에거는 밤에도 침대에 머무는 경우가 거의 없었고 대개는 건초 더미에서, 다락방에서, 곁방에서, 외양간 가축 곁에서 잠을 잤다. 때때로 온화한 여름밤이 되면, 그는 갓 풀을 베어낸 목초지 어딘가에 담요를 펴고 반듯이 누운 뒤 별이 가득 찬 하늘을 쳐다보곤 했다. 그러고는 자신의 미래를 생각했다. 정확히 말하면 미래에 대해 아무것도 기대하지 않기 때문에 자신 앞에 무한하게 펼쳐진 미래를. 그리고 때때로 몸을 쭉 뻗은 채 누워 있을 때면, 등 아래 땅이 천천히 부드럽게 올라갔다가 내려앉는 느낌이 들었고, 이 순간 산 전체가 숨을 쉬고 있다는 것을 깨달았다.

　스물아홉 살이 될 무렵 에거는 돈을 충분히 모아 건초를 보관하는 헛간을 포함해 조그마한 땅을 빌릴 수 있게 됐다. 이 조그마한 땅은 수목 생육 한계선 바로 아래에 있었고, 마을과 직선거리로 약 500미터 떨어진 위쪽에 있었다. 그리고 좁은 비탈길만 지나면 바로 알머슈피체* 정상에 오를 수 있다. 땅은 급경사에 있는 데다 비옥하지도 않아서 실용적인 면에서 보면 가치가 없었다. 또한 무수한 표석으로 온통 덮여 있고, 고작해야 크란츠슈토커 농장 뒤편에 있는 양계장 크기만 할까 말까 했다. 하지만 바로 옆에 있는 조그마한 샘에서는 아주 차가운 맑은 샘물이 바위틈에서 솟아나왔고, 아침이면 산골짜기에 있는 마을보다 30분 일찍 해가 떠, 밤사이 축축해진 에거의 발아래 놓인 땅을 따스하게 만들었다. 에거는 주변 숲에서 나무 몇 그루를 베고 그 자리에서 기둥으로 다듬은 다음, 건초를 보관하는 헛간으로 끌고 가서 바람 때문에 기울어진 벽을 떠받쳤다. 에거는 집터를 닦기 위해 도랑을 파고, 거기에 자신의 조그마한 땅에서 가져온 돌을 채웠다. 채워야 할 돌은 점점 적어졌고 무척 메말랐던 땅은 밤이면 밤마다 새롭게 자라는 것처럼 보였다. 에거는 돌을 모았고, 이는 지루한 작업이 될 것이기 때문에, 돌 각각에 이름을 붙였다. 그리고

---

* 슈피체는 '끝이 뾰족한 암봉'을 일컫는 말임.

붙일 만한 이름이 다 떨어지자, 이름 대신 단어를 붙였다. 그리고 언제부턴가 땅에 모아둔 돌이 자기가 아는 단어보다 많아졌다는 생각이 확실하게 들자, 처음부터 다시 시작했다. 에거는 쟁기도 가축도 필요 없었다. 그의 땅은 자급자족하기에는 턱없이 작았지만, 아주 조그마한 채소밭을 가꾸기에는 충분히 컸다. 에거는 마지막으로 새로 지은 집 주변에 낮은 울타리를 두르고 울타리에 조그마한 출입문을 만들었다. 어쩌면 언젠가는 지나가는 방문객이 들를 수도 있기 때문에, 오로지 그런 목적으로 문을 만들었다.

이때는 대체로 좋은 시절이었고, 에거는 만족스러운 삶을 살았다. 매사를 자신의 취향대로 하며 살아가도 아무 문제가 없었다. 하지만 이때 뿔 달린 하네스가 사라지는 사건이 일어났다. 물론 그는 자기가 이해하는 책임과 정의의 범위 내에서 염소지기가 사라진 데 대해 책임을 질 필요는 전혀 없었지만, 빽빽하게 몰아치던 눈보라 속에서 일어난 이 사건을 어느 누구에게도 말하지 않았다. 모두들 뿔 달린 하네스가 세상을 떠났다고 생각했고, 시신을 찾지는 못했지만 에거 역시 염소지기의 죽음을 단 한 순간도 의심해본 적이 없었다. 그러나 에거는 자신의 눈앞에서 눈보라가 자아낸 안개 속으로 서서히 녹아들던 바짝 마른 형체를 절대 잊을 수 없었다.

그날 이후 에거의 마음속에는 도무지 지울 수 없는 무언가가 자리를 잡았다. 황금 영양 여종업원의 옷 주름이 자신의 위팔에 잠깐 닿은 뒤, 그는 통증을 느끼게 됐다. 그 통증은 어깨로, 가슴으로 내려앉았고 마침내 심장 쪽 어딘가에 자리를 잡았다. 아주 미세한 통증이었지만, 크란츠슈토커의 개암나무 회초리질을 포함해 지금까지 살면서 겪었던 어떤 통증보다도 훨씬 깊었다.

그녀의 이름은 마리였다. 에거는 세상에서 가장 아름다운 이름이라고 여겼다. 그녀는 몇 달 전 일거리를 찾아 골짜기 마을에 홀연히 나타났다. 그때 마리가 신고 있던 구두는 누군가가 밟은 듯 했고 머리카락은 먼지투성이였다. 운 좋게도 바로 며칠 전 여관에서 일하던 하녀가 예상치 않은 임신을 해 쫓겨난 일이 일어났다. "손을 좀 봅시다!" 여관 주인이 마리에게 말했다. 그는 마리의 손가락에 박인 굳은살을 들여다보고 만족스러운 듯 고개를 끄덕이며 마침 비어 있는 하녀 자리에 들어오라고 제안했다. 그때부터 마리는 손님들 시중을 들었고 한 철만 일하는 노동자를 위해 마련해놓은 몇 안 되는 객실의 잠자리를 정돈했다. 그녀는 닭을 키우는 책임을 맡았다. 정원에서, 부엌에서, 가축을 도살할 때에도, 손님용 변소를 퍼낼 때에도 일을 거들었다. 마리는 절대 불평하는 법이 없었고 뽐내거나 까다롭게 굴지도 않았다. "마리에게서 손을 떼라고!" 주인은 이렇게 말하며 갓 녹인 라드*가 묻어 번들거리는 집게손가락으로 에거의 가슴 쪽을 찔렀다. "마리는 여기서 일하는 사람이야. 너와 연애하러 온 게 아니라고. 알

---

* 돼지비계를 정제해 하얗게 굳힌 것.

겠어?"

"알겠어요." 이렇게 말한 에거는 또 다시 심장 쪽에서 미세한 통증을 느꼈다. 하느님 앞에서는 거짓말을 못한다는데, 여관 주인 앞에서도 마찬가지구나라는 생각이 들었다.

에거는 일요일에 마리가 성당에서 미사를 드리고 나오는 것을 기다렸다. 그녀는 하얀 옷을 입고 있었고 머리에는 조그마한 하얀색 모자를 쓰고 있었다. 사실 이 모자는 그리 예뻐 보이지는 않았고, 에거는 모자가 약간 작아 보이는 것 같다는 생각이 들었다. 땅속줄기가 떠오를 수밖에 없었다. 땅속줄기는 숲속 땅바닥 어두운 곳 여기저기에 튀어나왔고, 이 가운데 기적처럼 하얀 백합 한 송이가 피어 있었다. 그런데 모자를 백합에 비유하는 것이 과연 적절한지, 에거는 가늠이 잘 되지 않았다. 이런 것들에 대해 아는 게 없었다. 그가 여자를 경험하는 경우라고 해봐야 미사 시간이 고작이었다. 그는 성당 맨 뒷줄에 앉아 여자들이 부르는 맑은 노랫소리에 귀를 기울이며, 비누로 감고 라벤더를 바른 여성의 머리카락에서 풍기는 일요일 향기에 거의 몸이 마비될 지경이었다.

"부탁이 있는데요……." 에거는 탁한 목소리로 이렇게 말하다 말고 멈추었다. 원래 말하려던 말이 갑자기 떠오르지 않았다. 에거와 마리는 잠깐 동안 성당 그늘 속에 서 있었다. 둘 다 아무 말도 하지 않았다. 그녀는 피곤해 보였다. 성당 안의 어스름한 빛이 여전히 그녀의 얼굴에 드리워져 있는 것 같았다. 왼쪽 눈썹에는 아주 작은 노란 꽃가루가 붙어 있었다. 꽃가루는 가벼운 바람에 살짝 떨렸다. 불현듯 마리는 에거에게 미소를 지었다. "날씨가 갑자기 쌀쌀해졌네요. 햇볕 좀 쬐면서 걷는 게 좋겠어요." 그녀는 말했다.

그들은 성당 뒤쪽 하르처코겔°로 올라가는 꼬불꼬불한 숲길을 나란히 걸었다. 풀밭에는 작은 시냇물이 졸졸 흘렀고 그들 위로는 우듬지가 솨솨 소리를 내고 있었다. 관목 속에서 작은부리 울새들이 지저귀는 소리가 들렸지만, 그들이 가까이 다가가자마자 소리가 그쳤다. 에거와 마리는 숲속 빈터에서 걸음을 멈추었다. 그들 머리 위로 매 한 마리가 움직이지 않은 채 하늘 높이 떠 있었다. 매는 갑자기 날개를 퍼덕거리더니 몸통을 옆으로 기우뚱거렸다. 매는 하늘에서 추락하는 것처럼 보이다가 그들의 시야에서 사라졌다. 마리는 꽃 몇 송이를 꺾었고 에거는 머리 크기만 한 돌덩이를 관목 쪽으로 던졌다. 그냥 그러고 싶은 충동이 들어서, 또 그럴 만한 힘이 있어서 돌을 던졌다. 돌아오는 길에 썩은 판자다리를 건너게 되자, 마리는 에거의 아래팔을 붙잡았다. 그녀의 손은 거칠었지만 햇볕을 쬔 나뭇조각처럼 따스했다. 에거는 마리의 손을 자신의 뺨에 대고 그곳에 그냥 서 있고 싶은 마음이 들었다. 하지만 그러는 대신 그는 성큼성큼 걸어 재빠르게 다리를 건넜다. "조심해요. 자칫하다가는 발목을 삐기가 십상이

• 코겔은 '수목이 우거진, 둥근 모양의 산꼭대기'를 일컫는 말임.

니까요!" 에거는 몸을 돌리지도 않은 채 말했다.

그들은 일요일마다 만났고, 나중에는 때때로 평일에도 만났다. 마리는 어린 시절 흔들거리는 나무 울타리를 기어오르다가 돼지우리로 떨어져 깜짝 놀란 어미 돼지에게 물린 뒤로, 목덜미에 가로로 약 20센티미터 길이의 흉터가 남아 있었다. 흉터는 빨갛게 빛났고 초승달 모양이었다. 에거는 흉터에 신경 쓰지 않았다. 그는 흉터란 세월과 같아서, 어떤 것은 다른 것이 되고 모두 합쳐 한 인간을 이룬다고 생각했다. 또한 마리 쪽에서는 에거의 구부러지고 비틀린 다리를 개의치 않았다. 최소한 그녀는 에거의 다리에 대해 말한 적이 한 번도 없었다. 어떠한 말도 꺼내지 않았다. 에거와 마리는 둘 다 대체로 말수가 적었다. 그들은 나란히 걸으며 자기들 앞 땅바닥에 드리워진 자신의 그림자를 들여다보거나 어딘가 돌 위에 앉아 골짜기를 올려다보곤 했다.

8월 말의 어느 날 오후 에거는 자신이 살고 있는 땅으로 마리를 데려갔다. 그는 몸을 구부려 울타리 출입문을 열었고 마리가 먼저 들어가도록 했다. 에거는 오두막을 계속 칠해야 한다고 말했다. 왜냐하면 바람과 습기가 목재를 갉아먹는데도 이를 재빨리 알아채지 못한다면, 오두막의 아늑한 분위기가 사라져버리기 때문이라고 했다. 그는 저쪽에 채소를 조금 심어놓았는데, 가령 샐러리는 실제 사람 머리 높이만큼 자랐다고 말했다. 바로 이곳 위를 비추는 햇빛은 계곡 아래쪽보다 훨씬 밝다고 했다. 그래서 이곳은 식물뿐만 아니라 내 뼈와 기분에도 유익하다고 말했다.

그리고 당연히 이곳 전망도 잊으면 안 된다고 말한 뒤, 에거는 팔로 크게 휘저으며 설명했다. 이 지역 전체를 조망할 수 있고, 심지어 날씨가 아주 좋으면 더 먼 곳도 보인다고 말했다. 또한 에거는 집 안쪽을 칠하고 싶다고 마리에게 말했다. 정확히 말하면 미장용 도료로 칠하겠다고 했다. 당연히 오래 가도록 하기 위해 물 대신 신선한 우유를 도료와 섞어야 한다고 말했다. 그리고 아마도 부엌을 제대로 갖춰야 하겠지만, 최소한 꼭 필요한 것은 이미 여기에 마련해놓았다고 했다. 솥단지, 접시, 그릇 같은 것들. 그리고 기회가 되면 프라이팬도 사포로 닦을 거라고 말했다. 덧붙이자면 외양간은 아직 필요하지 않다고, 왜냐하면 가축도 없을 뿐더러 키울 시간도 없기 때문이라고 했다. 결국 자기는 농부가 되고 싶지 않다고 에거는 말했다. 농부가 된다는 것은 일생 동안 자기 경작지 주변만 맴돌며 시선을 아래로 내리깔고 땅만 판다는 것을 의미한다고 했다. 자기 같은 취향의 남자라면 시선을 좀 더 높이 두고, 자신이 살고 있는 한정되고 비좁은 땅을 뛰어넘어 가능한 한 멀리 바라보아야 한다고 말했다.

인생 말년에 이르러 에거는 마리가 자기가 살던 땅에 처음으로 방문했던 그때만큼 자기가 말을 많이 한 적이 또 있었나 헤아려보았지만, 도무지 기억이 나지 않았다. 그냥 낱말이 머릿속에서 마구 굴러떨어졌고, 동시에 자신이 내뱉는 단어들이 겉보기에는 홀로 독자적으로 나란히 나열되다가 한데 합쳐져 의미를 만들어냈다. 그는 낱말들을 발음한 뒤에는 의미가 놀라울 정도로 또렷하게 눈앞에 나타나는 것을 보고 감탄하며 스스로 귀를 기울였다.

에거는 마리와 함께 좁고 꼬불꼬불한 산골짜기 길을 내려가며 다시 입을 다물었다. 그는 자신이 우습다는 생각이 들었고 조금은 부끄럽다고 느꼈다. 왜 그런지는 몰랐다. 에거와 마리는 굽잇길에서 휴식을 취했다. 그들은 풀밭에 앉았고, 쓰러진 서양너도밤나무 줄기에 등을 기댔다. 나무는 지난 여름날의 온기를 머금고 있었으며 메마른 이끼와 나뭇진 냄새를 풍겼다. 그들 주변으로 청명한 하늘 아래 산봉우리가 우뚝 솟아 있었다. 마리는 산봉우리가 도자기처럼 생겼다고 말했고, 비록 에거는 한 번도 도자기를 본 적은 없지만 그녀의 말이 옳다고 맞장구쳤다. 에거는 걸을 때는 조심해야 한다고 말했다. 걸음을 잘못 내디디면, 풍경 전체에 틈이 생기거나 풍경이 무수한 작은 조각으로 깨진다고 말했다. 마리는 웃었다. "이야기가 참 우습네요." 그녀는 이렇게 말했다.

"그렇지요." 에거는 대꾸하고는 머리를 숙였다. 더 이상 무슨 말을 해야 할지 떠오르지 않았다. 자리에서 일어나 돌멩이를 움켜쥐고 어디론가로 던지고 싶었다. 되도록 높이, 멀리. 하지만 에거는 갑자기 마리의 어깨가 자기 어깨에 닿는 것을 느꼈다. 그는 고개를 들고 말했다. "이제는 더 이상 못 참겠네요!" 에거는 마리를 향해 몸을 돌리고는, 두 손으로 얼굴을 감싼 다음 키스를 했다.

"어머나, 힘이 너무 세요!"

마리가 말했다.

"미안해요!"

에거는 이렇게 말하고는 깜짝 놀란 듯 손을 뒤로 치웠다.

"그래도 멋졌어요."

마리가 말했다.

"기분이 나빴는데도요?"

"그랬죠. 그래도 아주 멋졌어요."

그녀가 말했다.

에거는 다시 한 번 마리의 얼굴을 손으로 감쌌다. 이번에는 달 걀이나 갓 부화한 병아리를 다루듯 조심스럽게 어루만졌다.

"아주 좋아요."

마리는 이렇게 말하고는 눈을 감았다.

그날, 늦어도 다음 날에 마리에게 청혼을 했다면 가장 좋았을 것 이다. 하지만 에거는 어떻게 청혼해야 할지 전혀 몰랐다. 며칠 밤 동안 에거는 자기가 직접 만든 집 문턱에 앉아 발밑에 무성히 나 있는, 달빛으로 물든 풀을 응시했다. 그러는 동안 그의 머릿속 에는 자신의 비사교적이고 부적응적인 성격에 대한 생각이 맴돌 았다. 그는 농부도 아니고, 농부가 되겠다는 뜻도 없었다. 그렇 다고 수공업자도, 숲에서 일하는 나무꾼도, 고산 지대 방목지에 서 일하는 목동도 아니었다. 솔직히 말하면 에거는 일종의 막일꾼, 어느 계절이든 기회만 되면 임시로 고용되는 일꾼 노릇을 하며 밥벌이를 했다. 이런 부류의 남자는 모든 면에서 상당히 쓸모가 있지만, 다만 남편으로는 적합하지 않다. 여성들은 미래에 대해 더 많은 것을 기대한다고, 에거는 자신이 여성을 그런 존재로 이해한다고 굳게 믿었다. 남은 인생 동안 어느 길가에 앉아 마리와 손을 잡은 채 나뭇진이 묻어나오는 나무줄기에 몸을 기대고 있는 광경이 머리에서 떠나지 않았다. 그런데 이제는 그런 장면만 떠오르는 게 아니었다. 에거는 이 세상에서 자신이 진 책임을 잘 알고 있었다. 마리를 보호하고 돌보고 싶었다. 남자라면 시선을 좀 더 높이 두고, 자신이 살고 있는 한정되고 비좁은 땅을 뛰어넘어 가능한 한 멀리 바라보아야 한다고 마리에게 말했다. 에거는 자기가 한 말을 지키고 싶었다.

에거는 비터만 운트 죄네 회사의 야영지를 찾아갔다. 그동안 야영지는 골짜기 다른 측면에 있는 산비탈 목초지 전체까지 확장되어 있었다. 야영지에 거주하는 사람 수는 마을 주민 수보다 훨씬 많았다. 에거는 신규 노동자 고용을 담당하는 총지배인이 거주하는 막사를 물어물어 찾아갔다. 그러고선 낯선 환경에 머뭇거리며 총지배인 사무실에 들어섰다. 신고 있는 거친 장화가 사무실 바닥 거의 전체에 깔아놓은 양탄자를 손상시킬까봐 두려워, 이끼로 가득한 길을 걷기라도 하듯 살금살금 걸었다. 총지배인은 몸집이 뚱뚱했다. 더구나 짧게 솟은 머리털이 화환 모양으로 정수리 가장자리를 에워싼 흉터 난 대머리였다. 그는 검은색

나무책상 뒤쪽에 앉아 있었고, 사무실 공간이 따뜻한데도 양의 털가죽으로 안감을 댄 가죽 재킷을 입고 있었다. 그는 서류 더미를 향해 몸을 푹 숙이고 있어서 에거가 사무실에 들어온 것을 알아차리지 못한 것 같았다. 그런데 에거가 소리를 내어 주의를 끌려고 하자, 뜻밖에도 그는 머리를 들었다.

"다리를 저는군. 그럼 여기서는 쓸모가 없겠는데."

총재배인이 말했다.

"이 지역에서 저보다 뛰어난 일꾼은 없습니다. 저는 힘이 세고요. 무슨 일이든 할 수 있습니다. 무엇이든지 합니다."

에거가 대꾸했다.

"하지만 다리를 절지 않는가."

"골짜기에서는 절지도 모릅니다. 하지만 산에서는 오직 저만 똑바로 올라갈 수 있습니다."

에거가 말했다.

총지배인은 천천히 의자에 등을 기댔다. 사무실 안에는 침묵이 흘렀고, 침묵은 어두운 베일처럼 에거의 심장에 드리워졌다. 에거는 잠깐 동안 하얀색 회를 칠한 벽을 응시했다. 도대체 왜 여기에 왔는지 생각이 하나도 떠오르지 않았다. 총지배인은 한숨을 내쉬었다. 그는 손을 들어 마치 에거를 자신의 시야에서 걷어치우려는 듯 손짓했다. 그러고는 이렇게 말했다.

"비터만 운트 죄네에 온 것을 환영한다. 술을 마시면 안 되고, 오입질을 해서도 안 되고, 노동조합에 가입해서도 안 돼. 일은 내일 새벽 5시 30분에 시작한다!"

에거는 벌목 작업과 거대한 철제 기둥을 세우는 작업을 도왔다. 기둥은 산 위쪽에 50미터 간격으로 나란히 일직선으로 줄지어 있었다. 기둥 하나하나가 마을에서 가장 높은 건축물인 교구 성당보다 대략 몇 미터는 더 높이 솟아 있었다. 에거는 철재, 목재, 시멘트를 산비탈 위로 날랐고, 짐을 옮긴 다음에는 다시 아래로 내려갔다. 그는 숲속 바닥에 기초 공사를 위한 구덩이를 팠고, 폭파 전문가가 다이너마이트 막대를 꽂을 수 있도록 바위에 팔 두께만 한 구멍을 뚫었다. 에거는 바위가 폭파되는 동안 다른 노동자들과 함께 안전한 거리에 있는 떨어진 나무줄기 뒤에 웅크리고 앉아 있었다. 나무줄기의 왼편과 오른편으로는 폭을 넓힌 넓은 숲길이 있었다. 노동자들은 귀를 막고 엉덩이 아래에서 폭발 때문에 산이 전율하는 것을 느꼈다. 에거는 이 지역을 다른 누구보다도 잘 아는 데다 높은 곳에서 어지럼증을 전혀 느끼지 않았기 때문에, 대개는 건설 현장에 가장 먼저 투입됐고 구멍을 뚫는 현장에 최초로 도착했다. 그는 산비탈에 있는 돌 더미 주변을 올라갔고, 바위 사이를 기어올랐으며, 오로지 가느다란 밧줄에만 의지한 채 가파른 절벽에 매달렸다. 에거는 바위에 구멍을 뚫을 때 얼굴 바로 앞에서 먼지구름이 자욱해도 똑바로 앞을 보았다. 바위에 구멍을 뚫는 일이 좋았다. 이곳 위쪽 공기는 맑고 서늘했다. 에거는 때때로 검독수리가 날카롭게 외치는 소리를 듣거나 검독수리 그림자가 소리 없이 절벽을 가로질러 미끄러지듯 날아가는 광경을 바라보았다. 에거는 종종 마리를 생각했다. 그녀의 거칠지만 따스한 손을, 흉터를 생각했다. 그는 마음의 눈으로 초승달 모양의 흉터를 여러 번 되풀이해 따라 그려보았다.

가을이 되자 에거는 초조하고 들뜬 기분에 사로잡혔다. 이제는 정말 마리에게 청혼할 때가 되었다고 여겼지만, 언제 어떻게 청혼해야 할지 여전히 몰랐다. 에거는 저녁이 되면 자기 집 문턱에 앉아 불분명한 상상과 꿈에 잠겼다. 당연히 자신이 하는 청혼은 여느 청혼과는 달라야 한다고 생각했다. 어쨌든 그의 사랑에 담긴 엄청난 중대성을 그 자체로 받아들이고, 마리의 기억과 마음에 영원토록 깊이 새겨질 만한 청혼이 되어야 했다. 에거는 편지를 써서 청혼하는 게 어떨까 생각했지만, 그는 글을 쓰는 경우가 말하는 것보다도 훨씬 드물었기 때문에, 절대로 유용한 청혼 방법은 못 되었다. 더 나아가 에거의 견해에 따르면 편지로는 결코 많은 것을 담아내지 못한다. 어떻게 자신의 생각과 느낌을 조그마한 종이 한 장에 오롯이 담아낼 수 있다는 말인가? 골짜기에 사는 사람 누구나 멀리서도 볼 수 있도록 내 사랑을 거대하게 산에 새겨넣는 것이 가장 좋을 것이다. 에거는 동료 토마스 마틀에게 이 문제를 털어놓았다. 마틀은 에거와 함께 숲속 길가에서 완강하게 버티는 나무뿌리를 뽑아내는 일을 하고 있었다. 경험이 풍부한 벌목꾼인 마틀은 나이가 가장 많은 회사 동료 중 하나였다. 그는 거의 30년 동안 여러 팀을 거치면서 산악 지역을 누볐고, 발전이라는 명분 아래 숲을 개간하고 철강 비계나 콘크리트 기둥을 바닥에 박아놓았다. 마틀은 나이도 많고 (자신이 설명한 바에 따르면) 미친 듯이 날뛰는 개 떼에게 물린 듯한 통증이 지속적으로 허리를 엄습하는데도 불구하고, 가볍고 민첩한 발걸음으로 관목 사이를 돌아다녔다. 마틀은 산에 글자를 새겨넣는 것이 가능할 거라고 말하고는, 수염을 기른 얼굴을 손으로 어루만졌다. 이른바 악마가 애용하는 잉크인 불을 지르는 방법으로 말이다. 마틀은 젊은 시절 몇 년 동안 여름만 되면 북쪽 지역에서 다리를 건설하기 위해 벌목하는 일을 했는데, 이때 '예수 성심聖心 불놓기'라는 오래된 풍습을 경험했다. 하지夏至 때 거대한 형상에 불을 붙이는 풍습으로, 밤이 되면 산 전체가 환하게 빛난다. 불로 그림을 그릴 수 있다면 당연히 불로 글씨를 쓸 수도 있다고 마틀은 말했다. 예를 들면 마리라는 여성에게 하는 일종의 청혼이 가능할 것이다. 서너 단어가 적당하겠고 그 이상은 당연히 안 된다. 어차피 서너 단어 이상은 실현 가능하지도 않다. '나를 가질래요?'나 '연인이여, 내게로 와요.'와 같이 여성들이 듣기 좋아하는 문장이면 무엇이든 좋을 것 같다.

"그렇게 하면 되겠군."

마틀은 골똘히 생각에 잠긴 채 에거의 말을 거들었다. 그러고는 손을 뒤통수 쪽으로 뻗어 싹을 틔운 작고 가느다란 나뭇가지를 끌어당겨 꺾었다. 마틀은 꺾은 가지를 옷깃에 꽂았다. 그는 작고 하얀 싹을 차례차례 깨물었고 캐러멜 사탕이기라도 한 듯 빨아먹었다.

"맞아요. 그렇게 하면 되겠군요."

에거가 고개를 끄덕였다.

그로부터 2주가 지난 10월 첫 번째 일요일 늦은 오후, 에거가 속한 건설 작업 팀원 중에서 실력을 크게 인정받는 남자 17명이 아들러칸테 위쪽에 있는 돌 더미 주변으로 올라갔다. 그들은 마틀이 잔뜩 쉰 목소리로 외치는 지시에 따라 톱밥을 가득 채우고 석유를 적신 무게 1.5킬로그램짜리 작은 아마포 자루 250개를, 삼으로 짠 밧줄로 그려놓은 선을 따라 2미터 간격으로 늘어놓았다. 에거는 며칠 전 근무 시간이 끝난 뒤에 이 남자들을 구내식당 텐트로 불러 모아 계획을 설명하며 도와달라고 설득했다. "70그로셴과 크라우터러 소주 1/4리터를 드리겠습니다." 에거는 이렇게 말하고 더러운 얼굴의 남자들을 한 사람 한 사람씩 쭉 둘러보았다. 그는 최근 몇 주 동안 임금을 아껴 모은 주화를 작은 양초 상자에 넣고 집 문턱 아래 땅에 구멍을 파서 숨겨두었다.

"80그로셴과 1/2리터를 주면 하겠소!"

머리가 검은 기계공이 말했다. 그는 불과 몇 주 전에 롬바르디아*에서 이곳으로 와서 회사에 들어왔지만, 마치 증기 기관을 방불케 하는 기질 덕분에 팀 내부에서 권위를 확고하게 인정받

---

* 이탈리아 북부에 있는 주.

고 있었다.

"90그로셴을 드리겠습니다. 크라우터러 소주는 빼고요."

에거가 대꾸했다.

"크라우터러 소주는 꼭 줘야 해요."

"그럼 60그로셴과 1/2리터요."

"그렇게 합시다!"

검은 머리 남자는 이렇게 말하고는 주먹으로 탁자를 쾅 쳐서 거래가 성사됐음을 확인했다.

토마스 마틀은 대부분의 시간을 바위가 튀어나온 곳에 앉아 남자들의 작업을 감독했다. 어떤 경우에도 자루와 자루 사이의 간격이 2미터를 넘어서는 안 됐다. 2미터를 넘으면 활자 모양 사이에 틈이 생길 수 있었다. "글자 사이에 구멍이 많이 생겨 사랑이 사라지게 할 수는 없다고, 이 멍청아!" 마틀은 이렇게 소리를 지르며 주먹만 한 돌을 어느 젊은 설치공이 있는 쪽으로 던졌다. 이 설치공이 작업해놓은 자루의 간격이 너무 넓게 벌어져 있었기 때문이다.

모든 자루는 일몰 시간에 정확하게 맞춰 진열됐다. 밤이 산에 내려앉자 마틀은 앉아 있던 바위를 벗어나 첫 번째 글자의 첫 번째 자루로 기어갔다. 그는 멀리 산비탈을 바라보았다. 그곳에서는 남자들이 고르게 흩어져 있었다. 그런 다음 마틀은 바지에 묻은 먼지를 털어내고, 바지 주머니를 뒤적거려 성냥갑을 꺼냈다. 그리고 성냥을 켠 뒤 석유를 적신 헝겊을 동여맨 막대기에 불을 붙였다. 막대기는 마틀 바로 앞 땅바닥에 꽂혀 있었다. 그는 횃불을 피워올린 다음, 머리 위로 흔들고는 엄청나게 큰 환호성을 아주 낭랑하게 내뿜었다. 그의 인생에서 이렇게 맑고 커다란 소리를 지른 건 이번이 처음이었다. 거의 동시에 16개의 횃불이 돌 더미가 쌓인 산비탈에서 타올랐으며, 남자들은 가능한 한 재빠르게 선을 따라 달려 이 자루에서 저 자루로 불을 붙이기 시작했다. 마틀은 낮은 목소리로 낄낄거렸다. 그는 아늑한 기분으로 자기가 받을 크라우터러 소주를 생각했지만, 서늘한 밤의 숨결이 목덜미에 엄습하는 것을 느꼈다. 밤은 시간이 지날수록 산으로 깊숙이 내려앉고 있었다.

바로 이 순간, 골짜기 아래에 있던 안드레아스 에거는 마리의 어깨에 손을 얹었다. 그들은 해가 지는 시간에 오래된 판자다리 근처에 있는 그루터기에서 만나기로 약속했다. 에거는 마리가 제시간에 나타나자 안도감을 느꼈다. 그녀는 아마로 짠 밝은색 드레스를 입었고 머리카락에서는 비누와 건초 향기가 났다. 에거는 그녀가 풍기는 향기에 돼지고기 냄새도 조금 섞인 것 같다고 생각했다. 그는 재킷을 그루터기 위에 깔았다. 마리에게 여기에 앉으라는 뜻이었다. 그리고 마리에게 무언가를 보여주고 싶다고 말했다. 결코 다시는 잊지 못할 무언가를. "멋진 건가요?" 마리가 물어보았다. "그럴 수도 있지요." 에거가 대답했다. 그들은 나란히 앉아 해가 산 뒤쪽으로 사라지는 광경을 말없이 바라보았다. 에거는 자신의 심장이 두근거리는 소리를 들었다. 이때 잠깐 동안 에거의 심장이 아니라 자신이 앉아 있는 그루터기가 요동치는 일이 일어났다. 이 곰팡내 나는 나무가 새로운 생명을 얻고 눈을 뜬 것만 같았다. 그러고 나서 에거와 마리는 멀리 떨어져 있는 토마스 마틀의 환호성을 들었다. 에거는 눈앞에 펼쳐져 있는 어두운 공간을 가리켰다. "보세요." 그는 이렇게 말했다. 몇 초 뒤 반대편 골짜기 위쪽에서 16개의 불빛이 희미하게 반짝이기 시작하더니 반딧불이 떼처럼 사방으로 움직이기 시작했다. 불빛은 계속 움직이면서 빛나는 빛의 방울을 잃어버리는 듯하다가, 차례차례 구부러진 선 모양으로 합쳐졌다. 에거는 마리가 자기에게 몸을 꼭 붙였음을 느꼈다. 그는 마리의 어깨에 팔을 얹고 그녀가 내쉬는 낮은 숨소리를 들었다. 저쪽에서는 불타오르는 선이 아치 모양으로 점점 넓어지면서 산비탈을 가로질러 이리저리 흔들리고 있거나, 둥그스름한 형상물로 한데 묶여 있었다. 바로 마지막 순간, 왼쪽 윗부분에서 점 두 개가 빛났고[*], 에거는 늙은 마틀이 몸소 돌 더미 위로 기어가 마지막 두 개의 석유 묻힌 자루에 불을 붙였다는 것을 알았다. '마리, 당신을 위해(FÜR DICH, MARIE)'라는 문장이 깜빡이는 글자로 산에 쓰여 있었다. 글자 크기가 엄청 커서 골짜기에 사는 누구라도 멀리서 잘 볼 수 있었다. 다만 'M' 글자는 상당히 기울어져 있는 데다, 심지어 자루 일부가 빠져 있어 누군가가 중간에서 떼어버린 것처럼 보였다. 최소

---

[*] 철자 위에 움라우트(ü)를 찍었다는 것을 의미함.

한 자루 두 개에 불이 붙지 않았거나 아예 설치되지 않은 것이 분명했다. 에거는 일단 숨을 깊이 들이쉰 다음, 마리에게로 몸을 돌려 어둠 속에서 그녀의 얼굴을 알아보려 애썼다. "내 아내가 되어주겠어요?" 그는 물어보았다.

"예." 마리가 낮은 목소리로 속삭이는 바람에, 에거는 자신이 그녀의 말을 제대로 알아들었는지 확신이 들지 않았다. "정말 그래주겠어요?" 그는 다시 한 번 물어보았다.

"예, 그렇게 하겠어요." 마리는 단호한 어조로 대답했고, 에거는 다음 순간 그루터기 뒤쪽으로 넘어질 것 같은 느낌이 들었다. 하지만 간신히 버티고 앉아 있었다. 에거와 마리는 서로 껴안았다. 그들이 포옹을 풀자, 산을 수놓았던 불길도 꺼졌다.

이제 에거는 더 이상 밤마다 외롭지 않았다. 침대 위 그의 곁에는 조용히 숨을 쉬는 아내가 누워 있었다. 그는 때때로 이불 위로 윤곽이 드러난 마리의 몸을 관찰했다. 물론 에거는 몇 주 동안 마리의 몸을 점점 더 잘 알게 됐지만, 여전히 이해할 수 없는 경이로움으로 여겨졌다. 그는 이제 공식적으로 서른다섯 살이고 자신의 의무를 잘 알고 있었다. 나는 마리를 보호하고 돌볼 거라고 에거는 혼잣말을 했고 또 항상 그렇게 할 것이라고 굳게 다짐했다. 그래서 에거는 어느 월요일 아침 총지배인이 일하는 막사에 다시 가서 책상 앞에 섰다. "일을 더 하고 싶습니다." 그는 이렇게 말하고는 양털 모자를 두 손으로 돌렸다. 총지배인은 머리를 들어 언짢은 표정으로 바라보았다. "일을 더 하기를 바라는 사람은 없어!"

"저는 그렇지 않습니다. 가정을 꾸리게 됐거든요."

"그렇다면 돈을 더 벌고 싶은 거지, 일을 더 많이 하고 싶은 건 아니야."

"총지배인님이 그렇게 생각하시면, 그게 맞겠지요."

"맞아, 당연히 그렇게 생각하고 있지. 지금 얼마나 버나?"

"시간당 60그로셴입니다."

총지배인은 의자에 등을 기대고 창밖을 내다보았다. 창을 통해 먼지가 쌓인 층 뒤로 하넨치네•의 하얀 정상 부분이 보였다. 총지배인은 벗겨진 머리를 천천히 어루만졌다. 그러고는 억누르듯 숨을 내쉬더니 에거를 똑바로 쳐다보았다.

"80그로셴을 받을 수 있지만, 그로셴 한 푼 한 푼 받을 때마다 자네 엉덩이가 찢어져라 일하기를 원하네. 그렇게 할 수 있겠지?"

에거는 고개를 끄덕였고 총지배인은 한숨을 쉬었다. 그런 다음 그는 에거가 당장 그 순간에는 이해하지 못했지만, 결국 평생 잊지 못하게 된 말을 했다.

"한 남자에게서 그 사람이 가진 몇 시간을 사들일 수 있고, 그 남자의 며칠을 훔치거나 심지어 인생 전체를 빼앗아갈 수도 있지. 하지만 어느 누구도 한 남자에게서 단 하나뿐인 순간만큼은

• 치네는 '뾰족한 탑 모양의 암봉巖峰'을 일컫는 말임. '하넨치네'는 '수탉 모양의 암봉'이라는 뜻임.

가져가버릴 수 없어. 사는 게 다 그런 거라고. 그러니 이제 날 좀
내버려두게!"

* * *

비터만 운트 죄네 건설 팀은 시간이 지나면서 수목 생육 한계선
을 한참 넘어 올라갔다. 그 뒤로 길이가 거의 1.5킬로미터이고,
폭이 30미터에 이르는 흉터를 숲속 곳곳에 남겼다. 건설 팀이 원
래 카를라이트너 산봉우리 바로 아래에 세우기로 계획한 산 종
착지까지 이르려면 대략 400미터 정도만 남았다. 하지만 지형
이 가팔라 접근하기 힘들었으며 특히 마지막 구간은 거의 수직
에 가까운 절벽을 극복해야 했다. 또한 절벽 위에는 툭 뛰어나온
바위가 있었다. 그 모양 때문에 지역 주민들은 이 바위를 일컬어
'거인의 두개골'이라고 불렀다. 에거는 수많은 나날을 거인의 두
개골 턱 부분 바로 아래에 매달려 화강암에 구멍을 뚫었고, 구멍
안에 팔뚝만 한 고정 나사를 돌려넣었다. 이 고정 나사는 나중에
정비 기술자가 오를 긴 철제 사다리를 떠받칠 것이다. 에거는 은
밀한 자부심을 품은 채 언젠가 이 사다리를 타고 올라갈 남자들
을 떠올렸다. 그들은 사다리를 오르내리며 오로지 에거와 그의
능숙한 솜씨 덕분에 목숨을 지킬 수 있다는 생각은 추호도 하지
않으리라. 에거는 짧은 휴식 시간 동안 바위가 튀어나온 부분에
쪼그리고 앉아 골짜기를 건너다보았다. 몇 주 전부터 일꾼들이

몰려와 오래된 길거리를 넓히고 자갈을 깔고 타르를 부어 도로 포장을 했다. 에거는 안개처럼 자욱한 증기 속에서 남자들의 희미한 모습을 볼 수 있었다. 에거와는 멀리 떨어진 곳에 있었기 때문에 그들은 겉보기에 아무 소리를 내지 않았으며, 곡괭이와 삽으로 뜨거운 아스팔트 처리 작업을 하고 있었다.

에거는 겨울에도 회사에서 계속 임금 명세표를 받는 극소수 노동자 중 한 사람이었다. 이들 중에는 토마스 마틀이 포함되어 있었다. 이로써 평생 동안 숲에서 쌓은 에거의 경험이 회사 입장에서 매우 유용하다는 사실이 증명됐다. 이렇게 몇 안 되는 다른 남자들과 함께, 에거는 계속해서 숲길을 넓히고 돌, 폐목재, 나무뿌리를 치웠다. 그들은 종종 엉덩이까지 쌓인 눈 속에 서서 얼어붙은 바닥으로 삐져나온 뿌리를 쪼개기도 했다. 작업을 하는 동안, 얼어붙은 눈송이가 바람에 날려 마치 산탄 입자처럼 몰아치는 바람에 얼굴에서 피가 나기도 했다. 작업을 하는 동안 그들은 꼭 필요한 말만 했고 점심시간에는 눈 덮인 전나무 아래에 말없이 앉아 막대 모양 빵을 불에 구웠다. 그들은 차례차례 관목림 사이를 기어가거나 날씨가 사나우면 바람막이 역할을 해주는 바위 뒤에 앉아 있었고, 추위로 갈라진 손에 입김을 불었다. 에거는 자신들이 짐승처럼 행동한다고 생각했다. 그들은 땅바닥을 기었고 가까이에 있는 나무 뒤쪽에서 용변을 보았으며, 너무 지저분해서 주위 환경과 거의 구별하지 못할 지경이었다. 에거는 종종 집에서 자신을 기다리고 있는 마리를 생각했다. 그는 더 이상 혼자가 아니며, 이러한 느낌은 여전히 익숙하지는 않았지만 불을 쬐는 것보다 훨씬 몸과 마음을 훈훈하게 만들었다. 그는 돌처럼 단단하게 얼어붙은 장화를 타다 남은 모닥불 속에 집어넣었다.

봄이 되어 눈이 녹기 시작하자, 숲속 사방에서는 신비롭게도 물이 방울방울 떨어지고 졸졸 흐르기 시작했다. 바로 이때 에거의 건설 팀에 사고가 일어났다. 눈 더미가 쌓이는 바람에 꺾여버린 서양잣나무 한 그루를 처리하던 중, 날카로운 굉음과 함께 나무의 장력이 풀렸다. 그 바람에 나무줄기에서 어른 키만 한 파편이 튀어나와 젊은 벌목꾼인 구스틀 그롤러러의 오른팔을 덮쳤다. 불행하게도, 잘려나간 팔이 위로 솟으면서 오른손에 쥐고 있던 도끼가 그의 머리를 세게 쳤다. 그롤러러는 쓰러졌고, 자신의 잘린 팔을 응시했다. 팔은 2미터 떨어진 땅바닥에 나동그라져 있었고, 손가락은 여전히 도끼 자루를 꽉 붙잡고 있었다. 이 사건을 목격한 일꾼들 사이에서는 잠깐 동안 기묘한 정적이 흘렀다. 숲 전체가 숨이 막힌 채 굳어 있는 것 같았다. 결국 몸을 움직인 사람은 토마스 마틀 한 명뿐이었다. "하느님 맙소사. 상황이 정말 나쁘군." 그는 말했다. 마틀은 나무껍질을 벗겨낼 때 쓰는 철사고리를 공구 상자에서 꺼내, 검붉은 피가 쏟아지는 잘린 팔 부위에 두르고는 온 힘을 다해 잡아당겼다. 그롤러러는 울부짖으며 상체를 마구 뒤틀다가 의식을 잃었다.

"당장 치료해야겠군." 마틀은 이렇게 말하고는 상처 부위를 땀 닦는 수건으로 감았다. "이렇게 빠르게 피를 흘리는 경우는 본 적이 없어!" 한 일꾼이 큰 나뭇가지를 똑바로 잘라 들것을 만들자고 제안했다. 다른 일꾼이 숲에서 나는 약초 한 줌을 잘린 팔 부위에 문지르기 시작했지만, 별 소용이 없자 재빠르게 물러났다. 결국 부상을 입은 그롤러러를 현재 상태 그대로 마을로 옮겨서, 디젤 화물차 짐칸에 그를 묶고 병원으로 데려가는 것이 최선이라고 의견을 모았다. 롬바르디아에서 온 기계공이 바닥에 쓰러져 있는 그롤러러를 들어올리더니 축 늘어진 자루를 다루듯 어깨에 둘러멨다. 잘려나간 팔을 어떻게 해야 할지에 대한 이야기가 오갔다. 일꾼 일부는 팔을 잘 싸서 가져가면 의사가 다시 꿰매붙일 수 있다고 제안했다. 하지만 어떤 일꾼은 의사는 팔을 다시 꿰매붙이지 못하며, 어떤 식으로든 성공하더라도 그렇게 되면 팔은 그롤러러의 몸에 축 늘어지고 보기 흉하게 매달려 있을 것이고, 그러면 그롤러러의 여생이 힘들어질 거라고 이의를 제기했다. 이 토론을 끝낸 장본인은 바로 그롤러러 자신이었다. 그는 의식을 되찾고 깨어나 기계 수리공의 등에서 고개를 들었다. "팔은 숲에 묻어줘. 그러면 까치밥나무 덤불로 자라게 될지도 모르니까!"

나머지 남자들이 앞으로 벌목꾼 노릇을 하기 힘들어진 구스틀 그롤러러를 마을로 데려가는 동안, 에거와 토마스 마틀은 잘린 팔을 파묻으려고 불행한 사고가 일어난 장소에 남았다. 팔이 놓인 곳에 있는 나뭇잎과 땅은 피로 물들어 거무스름했다. 손가락을 도끼 자루에서 떼어내면서 손가락이 밀랍처럼 창백하고 차갑다는 느낌이 들었다. 집게손가락 끝에는 작고 새까만 하늘소가 앉아 있었다. 마틀은 뻣뻣해진 그롤러러의 팔을 자기 눈앞까지 들어올린 다음 실눈을 뜬 채 주시했다.

"정말 우습기도 하고 이상하기도 하구먼. 바로 이 팔이, 한때는 그롤러러의 일부였다가 지금은 죽어버렸네. 썩은 나뭇가지만도 못하게 됐어. 자네는 어떻게 생각하나? 지금 그롤러러는 과연 예전 그롤러러와 똑같을까?"

그는 말했다.

에거는 어깨를 으쓱했다.

"아니라고 할 수도 없잖아요? 다만 팔이 하나밖에 없는 그롤러러죠."

"그럼 나무 때문에 두 팔이 다 잘려나갔다면?"

"그렇다고 해도 마찬가지죠. 여전히 그롤러러 아니겠어요?"

"그럼 두 팔, 두 다리, 머리 절반이 떨어져나간다면, 그때도 과연 그롤러러를 그롤러러라고 할 수 있을까?"

에거는 곰곰이 생각했다.

"그런 일이 일어나도, 아마도 그롤러러는 여전히 그롤러러일 거예요…… 어쨌든 말이에요."

돌연 더 이상 자신이 한 말에 확신이 들지 않았다.

토마스 마틀은 한숨을 내쉬었다. 그는 조심스럽게 팔을 공구상자 위에 올려놓은 뒤 삽으로 땅바닥을 몇 번 파 구멍을 만들었다. 그러는 사이 숲은 다시 숨을 쉬기 시작했고, 머리 위로 새들의 노랫소리가 들렸다. 날씨는 싸늘했지만, 이제 하늘을 가득 덮었던 구름이 틈을 보이더니 햇빛이 뭉텅이로 흔들거리며 나무의 지붕 노릇을 하는 잎으로 떨어졌고 땅을 질척질척 부드럽게 만들었다. 그들은 그롤러러의 팔을 조그마한 무덤에 안치한 다음 삽으로 흙을 메웠다. 마지막으로 손가락이 사라졌다. 손가락은 두툼한 밀웜●처럼 잠시 땅에 튀어나와 있다가, 흙 속으로 자취를 감추었다. 마틀은 담배쌈지를 뒤적이더니 서양자두나무를 직접 깎아 만든 파이프에 담배를 채웠다.

"죽는다는 것은 더럽고 추잡한 일이지. 시간이 흐르면서 사람은 점차로 나빠지게 되지. 어떤 사람에게는 그 순간이 빨리 오고, 다른 사람에게는 시간이 좀 걸릴 수도 있어. 태어나면서부터 차례차례 잃게 된다고. 처음에는 발가락, 그다음에는 팔, 또 그다음에는 이빨, 처음에는 기억, 그다음에는 모든 기억 등등을 잃어버린다고. 그러다가 언젠가는 더 이상 남아나는 게 없게 되지. 그렇게 되면 사람들이 마지막으로 남은 육신을 구멍 속에 때려넣고 삽으로 흙을 부어 묻어버리지. 그게 끝이야."

마틀이 말했다.

"그런데 날씨가 춥네요. 영혼까지 좀먹는 추위예요." 에거가 말했다.

늙은 마틀은 그를 바라보았다. 그러고는 입을 비죽거리더니

● 갈색거저리의 애벌레.

침을 뱉었다. 침은 파이프 손잡이를 아슬아슬하게 비껴나와 음침하기 짝이 없는 서양잣나무 파편에 떨어졌다. 파편 가장자리에는 그롤러러의 피가 달라붙어 있었다.

"허튼소리. 아무것도 없어. 추위도 없고 영혼도 마찬가지야. 죽음도 죽었고 다 끝나버렸어. 그런 뒤에는 더 이상 아무것도 존재하지 않는다고. 경애하는 신도 마찬가지지. 경애하는 신이 존재한다면, 그분이 계신 천국은 아주 멀리 떨어진 곳에 있을 거야!"

토마스 마틀은 그로부터 9년이 지난 뒤, 이 사건이 일어난 날짜와 거의 같은 시기에 세상을 떠났다. 그는 일을 하다가 죽음을 맞이하기를 평생 소망했지만, 이와는 다른 상황에서 죽었다. 토마스 마틀은 노동자용 야영지에 단 하나 비치된 목욕통에서 목욕을 하다가 잠이 들었다. 그 목욕통은 요리사 한 명이 싼값으로 일꾼들에게 빌려준 것으로, 아연 도금 철판으로 만들어진 낡아빠진 것이었다. 잠에서 깨어나니 물은 얼음처럼 차가웠고, 마틀은 그만 감기에 걸렸다. 그는 감기를 이겨내지 못했다. 마틀은 나무침대에 누운 채 며칠 밤을 땀 흘리다가 명확하지 않은 무의미한 말을 몇 마디 했다. 오래전 세상을 떠난 그의 어머니, 또는 '숲속에 사는 흡혈귀'를 향해 하는 말이었다. 그러던 어느 날 아침, 마틀은 자리에서 일어나 자기는 이제 건강하다고 단언하고는 일하고 싶다고 했다. 그는 재빨리 바지를 입고 문 앞까지 걸어갔다. 그러고는 태양을 향해 머리를 내밀더니 그 자리에서 넘어지며 숨을 거두고 말았다.

토마스 마틀의 시신은 마을 묘지 근처, 경사가 가파른 목초지에 묻혔다. 이 목초지는 회사에서 지방 자치 단체로부터 사들인 것이었다. 실제로 자유노동자 동료 모두가 토마스 마틀에게 작별 인사를 고하려고 모였고, 십장 한 명이 하는 간략한 조사弔辭에 귀를 기울였다. 조사에는 산에서 하는 힘겨운 노동은 물론 마틀의 순수한 영혼에 대한 내용이 포함되어 있었다.

토마스 마틀은 1946년 비터만 운트 죄네가 파산할 때까지, 회사에서 일하다가 사망한 것으로 공식 집계된 총 서른일곱 명 중 한 사람이었다. 하지만 실제로 1930년대부터 점점 빠르게 확대된 케이블카 건설 작업에 투입됐다가 목숨을 잃은 노동자는 이보다 훨씬 많았다. "곤돌라를 설치할 때마다 누군가가 무덤에 묻히지." 마틀은 죽기 직전 어느 날 밤에 이렇게 말한 적이 있다. 하지만 당시 다른 남자들은 마틀의 말에 더 이상 진지하게 귀 기울이지 않았다. 그들은 마틀의 뇌 속에 마지막까지 남아 있던 판단력이 열 때문에 전부 타버렸다고 여겼기 때문이다.

안드레아스 에거가 비터만 운트 죄네 회사에서 보낸 첫 해는 그렇게 끝났고, 벤덴코글러 공중 케이블카 1호(이것이 공식 명칭이지만 시장과 여행객들만 그렇게 불렀다. 지역 주민들은 그 케이블카를 그냥 '파란 리즐'이라고 불렀다. 객차 두 대가 눈부시게 파랬고, 케이블카 앞부분의 모양이 뭔가 펑퍼짐해서 시장 부인이 떠올랐기 때문이다.)의 대규모 개통식이 산에 건설된 정거장에서 거행됐다. 이때 외부에서 온 다수의 고상하고 우아한 사람들이 얇은 양복과 이보다 훨씬 얇은 드레스를 입고 추위에 덜덜 떨며 플랫폼에 서 있었고, 신부는 바람을 맞아가며 큰 소리로 축복을 부르짖었다. 그러는 동안 신부가 입은 사제복이 헝클어진 갈까마귀 깃털처럼 마구 펄럭였다. 에거는 동료들과 함께 있었다. 그들은 산 위 '거인의 두개골' 아래쪽 여기저기에 흩어져 있었다. 에거는 플랫폼에 있는 사람들이 박수 치는 광경을 볼 때마다 두 팔을 높이 들어올려 열렬한 환호성을 질렀다. 그는 마음속으로 광활한 기분과 자부심이 기묘하게 섞인 것 같은 느낌을 받았다. 에거는 자신이 거대한 어떤 것 — 그가 본래 지닌 힘(여기에는 그의 상상력도 포함된다.)을 월등히 뛰어넘는 어떤 것의 일부가 됐음을 느꼈으며, 골짜기 사람들의 삶뿐만 아니라 어찌됐든 인류 전체의 삶도 진전되고 있다는 사실을 깨달았다고 굳게 믿었다. 개통식 며칠 전 시험 운행을 했을 때 파란 리즐이 조금 덜그럭거리기는 했지만 더 이상 돌발 사건 없이 최초로 정상까지 무사히 올라간 이후, 산은 영원할 것만 같던 강력한 무언가를 잃어버린 것처럼 보였다. 그리고 여러 대의 케이블카가 뒤를 이었다. 회사는 거의 모든 일꾼과 계약 기간을 연장했고, 총 열다섯 대의 공중 케이블카를 구축하겠다는 계획을 제시했다. 이 계획에는 머리카락이 곤두서는 공사도 포함되어 있었다. 그것은 바로 승객이 객차에 타는 대신, 배낭 및 스키 장비와 함께 자유롭게 떠다니는 나무 의자에 앉아 이동할 수 있도록 계획된 공사였다. 에거는 이러한 생각이 우스꽝스럽다고 여기기는 했지만, 이런 종류의 환상적인 장치를 생각해낸, 이런 나무의자에 앉아 이동하면 분명 한겨울에 눈보라가 휘몰아치거나 한여름에 열기가 극성을 부려도 반질반질하게 닦은 구두의 광택을 절대 흐리게 하지는 못할 것이라고 확신한 엔지니어들에 대해 남모르게 감탄했다.

인생의 절반 또는 거의 40년이 지난 뒤, 그러니까 1972년 여름에, 에거는 바로 그 장소에 다시 섰다. 그는 자신의 머리 위 높은 곳에서, 예전에는 파란 리즐로 불렸지만 이제는 은빛으로 번쩍거리는 곤돌라가 들릴락 말락 붕붕 소리를 내며 활기차고 신속하게 둥실둥실 떠다니는 광경을 지켜보았다. 플랫폼에서 곤돌라 문이 쉿 소리를 길게 늘어뜨리며 열렸고, 소풍객이 무리 지어 내렸다. 그들은 각자 사방으로 밀려나갔고, 알록달록한 곤충처럼 산 여기저기로 흩어졌다. 에거는 무분별하게 돌 더미 주변을 올라가 악착같이 자연의 숨겨진 경이로움을 찾으려는 이 사람들에게 화가 치밀었다. 에거는 그들을 가로막고, 자신의 의견을 주장하고 싶었다. 하지만 기본적으로 관광객들에게 뭐라고 질책해야 할지 도무지 떠오르지 않았다. 어쨌든 허심탄회하게 털어놓자면, 사실 그는 은근히 소풍객을 부러워했다. 에거는 운동화를 신고 반바지를 입은 소풍객이 바위로 뛰어오르고, 자녀를 어깨에 메고 사진기 앞에서 깔깔 웃는 광경을 지켜보았다. 이에 비해 그는 늙은 남자인 데다, 더 이상 아무런 쓸모도 없으며, 어느 정도

똑바로 앞으로 걸을 수 있다는 것만 기뻐해야 할 처지였다. 에거는 아주 오랫동안 이 세상에 있었다. 그는 세상이 변화하고 해가 거듭될수록 빠르게 돌아가는 광경을 보았다. 그리고 에거는 자신이 오래전에 파묻혀버린 시간의 잔재 같다는, 태양을 향해 어떤 식으로든 줄기를 최대한 곧게 펴는 가시 많은 풀 같다는 생각이 들었다.

산 정거장에서 개통식이 열린 뒤 몇 달 동안은 안드레아스 에거의 삶에서 가장 행복한 시기였다. 그는 자신이 조그마하지만 결코 중요하지 않다고 하지는 못할, 진보라는 이름의 거대한 기계에 속한 톱니바퀴라고 자부했다. 그리고 때때로 잠들기 전에 에거는 자신이 이 기계의 배 속에 앉아 있는 광경을 상상했다. 기계는 숲과 산으로 전진하며 누구도 막을 수 없는 길을 내고 있었고, 에거는 뜨거운 땀을 흘려가며 기계가 끊임없이 전진하는 데 기여하고 있었다. '뜨거운 땀을 흘려가며'라는 표현은 그가 잡지에서 인용한 말인데, 그 잡지는 마리가 여관 벤치에서 발견한 너덜너덜해진 싸구려 잡지였다. 마리는 수많은 밤 동안 에거 앞에서 그 책자에 담긴 내용을 큰 소리로 읽었다. 도시의 유행 풍조, 정원 손질, 작은 애완동물 키우기, 일반적인 윤리 규범에 대한 온갖 종류의 고찰 외에도, 이 잡지에는 이야기 한 편이 실려 있었다. 어느 가난한 러시아 귀족을 다룬 이야기인데, 그에게는 애인이 있었고 농부의 딸인 애인은 축복을 받아 기이한 재능을 타고났다. 귀족과 그의 애인은 겨우내 마차를 타고 러시아 전체 영토의 절반을 떠돌아다녔다. 종교에 홀린 마을의 고령자 몇 사람 ─ 그 가운데에는 그녀의 아버지도 포함되어 있었다. ─ 에게 쫓기는 위험한 상황을 모면하기 위해서였다. 이 이야기는 비극으로 끝나지만, 이른바 '로맨틱한 장면'이 상당히 많이 등장했다. 마리는 눈치챌 수준까지는 아닌 떨리는 목소리로 로맨틱한 장면을 낭독했는데, 그럴 때면 에거는 혐오와 매혹이 기묘하게 혼합된 감정이 일어나곤 했다. 그는 마리의 입에서 나오는 낱말에 귀를 기울였고, 자신이 덮은 이불 밑에서 뜨거운 기운이 서서히 퍼지는 것을 느꼈다. 뜨거운 기운은 머지않아 오두막 전체를 가득 채웠다고, 에거는 생각했다. 마차에 탄 가난한 귀족과 농부의 딸이 눈 덮인 초원을 질주할 때마다 그들 뒤로 말들이 따그락거리는 소리와 추격자들의 사나운 외침 소리가 들렸고, 두려움에 가득 찬 소녀가 백작의 품에 안기고 이때 여행으로 더러워진 그녀의 드레스 자락이 그의 뺨을 스치는 장면에 이르자, 에거는 더 이상 참을 수 없었다. 그는 몸을 덮었던 이불을 걷어치우고 타오르는 눈길로 지붕보 아래에서 깜빡이고 있는 어둠을 올려다보았다. 그러자 마리는 잡지를 침대 아래에 조심스럽게 놓고 양초를 불어 껐다. "이리 와요." 그녀는 어둠 속에서 속삭였고 에거는 마리의 말을 따랐다.

1935년 3월 말, 에거와 마리는 해가 진 뒤 집 문턱에 앉아 골짜기를 굽어보고 있었다. 지난 몇 주 동안 사방은 온통 눈으로 가득했지만, 이틀 전부터 갑작스럽게 따스한 기운이 들이닥쳐 봄이 왔음을 알렸다. 사방에 쌓였던 눈이 녹았고, 새끼 제비들은 온종일 처마 밑 둥지 가장자리 위로 부리를 쏙 내밀고 있었다. 이른 아침부터 늦은 밤까지 엄마 제비와 아빠 제비는 벌레와 곤충을 부리에 물고 날아다녔다. 에거는 "제비들이 똥을 하도 싸대니, 이게 시멘트라면 이걸 발라 새로운 토대를 만들 수도 있겠군."이라고 말했다. 하지만 마리는 새를 좋아했다. 그녀는 새가 펄럭이며 행운을 가져다주는 존재라고 여겼고, 집에 있는 악마를 쫓아버린다고 믿었다. 그러니 에거는 제비 오물에 적응하고 둥지를 그냥 놔둬야 한다고 했다.

에거는 마을 쪽으로 시선을 돌렸고, 맞은편에 위치한 골짜기 측면을 쭉 둘러보았다. 수많은 집에 달린 창문들이 환하게 빛나고 있었다. 얼마 전부터 골짜기에 전기가 들어왔고, 늙은 농부가 자기 방 램프 앞에 앉아 환하게 빛나는 불빛을 놀란 눈빛으로 들여다보는 광경을 흔히 볼 수 있었다. 야영지에도 이미 불이 들어왔고, 가느다란 쇠 파이프로 된 연통에서 나온 연기가 거의 수직으로 구름이 짙게 드리운 저녁 하늘로 피어올랐다. 이 광경을 멀리서 보면, 마치 지붕에 달린 가느다란 실로 구름을 붙잡아맨 것 같았고, 골짜기 위로 거대하고 기형적인 풍선이 매달려 있는 것처럼 보였다. 파란 리즐은 멈춰 있었고 에거는 정비공 두 사람이 떠올랐다. 그들은 바로 이 순간 톱니바퀴에 기름을 치기 위해 조그마한 기름 깡통을 들고 기관실 여기저기를 기어다니고 있을 것이다. 이미 또 다른 케이블카가 완성되었고 인근 골짜기를 벌채해 길을 트기 시작했다. 이번이 세 번째 작업으로, 첫 번째와 두 번째 작업을 합친 것보다도 더 길고 넓게 산길을 트는 작업이었다. 에거는 눈앞에 펼쳐진, 눈 덮이고 가파르게 기울어진 지점을 바라보았다. 작지만 따스한 만족감의 물결이 마음속에서 일렁이고 있음을 느꼈다. 하늘 높이 뛰어올라 자기가 얼마나 행복한지 세상을 향해 소리치고 싶은 마음이 간절했다. 하지만 마리가 아무 말 없이 가만히 앉아 있었기 때문에, 그냥 있을 수밖에 없었다.

"아마도 채소를 더 수확할 수 있을 것 같아. 정원을 넓힐 수 있거든. 내 생각에는, 집 뒤에 감자나 양파 같은 것들을 심을 수 있을 것 같아."

에거가 말했다.

"그래요. 나쁘지 않겠네요, 안드레아스."

마리가 말했다. 에거는 그녀를 바라보았다. 그는 마리가 자신의 이름을 부른 적이 예전에도 있었는지 생각해보았지만 기억나지 않았다. 이번이 처음이었고 기이하다는 느낌이 들었다. 마리는 잠깐 손등으로 이마를 문질렀고, 에거는 다시 시선을 돌렸다.

"감자나 양파 같은 채소가 이런 땅에서 자랄 수 있는지 꼭 알고 싶어."

그는 이렇게 말하고는 구두코로 얼어붙은 땅을 찔러보았다.

"무엇이든 자라겠지요. 그렇게 되면 아주 놀라울 거예요."

마리가 말했다. 에거는 그녀를 다시 바라보았다. 마리는 몸을 뒤로 약간 기댄 채 앉아 있었고 얼굴은 현관문의 그림자에 가려 거의 보이지 않았다. 오로지 눈동자만 알아볼 수 있었는데, 어둠 속에서 반짝이는 두 개의 물방울 같았다.

"무얼 그렇게 쳐다보고 있어?"

에거가 나지막이 물었다. 갑자기 불안한 느낌이 들었다. 곁에 앉아 있는 이 여인이 아주 친숙하면서도 동시에 아주 낯설게 느껴졌다. 마리는 상체를 앞으로 조금 움직였고 두 손을 자신의 무릎에 얹었다. 에거는 그녀의 두 손이 이상할 정도로 보드랍고 하얗다는 생각이 들었다. 불과 몇 시간 전에 그녀가 도끼로 땔감용 나무를 쪼갰다는 사실이 도저히 믿어지지 않았다. 그는 팔을 뻗어 마리의 어깨를 만졌고, 비록 하얀 손이 여전히 무릎에 놓여 있었지만 그녀가 미소를 지었다는 것을 알았다.

밤에 에거는 기묘한 소리에 잠이 깼다. 이 소리는 단지 예감에 불과했고, 벽 주위를 쓰다듬는 부드러운 속삭임이었다. 에거는 어둠 속에 누운 채 귀를 기울였다. 그는 곁에 누워 있는 아내의 따스한 체온을 느꼈고 나지막한 숨소리를 들었다. 결국 에거는 자리에서 일어나 바깥으로 나갔다. 따뜻한 푄 바람*이 맞은편에서 불어닥쳐 문이 꽝 닫히는 바람에 하마터면 손을 다칠 뻔했다. 밤

---

* 산을 넘어서 골짜기에 불어내리는 고온 건조한 국지풍.

하늘에는 검은 구름이 빠르게 흘러가고 있었고, 그 사이로 창백하고 기형적인 달이 나타났다 사라지며 희미한 빛을 발하고 있었다. 에거는 목초지 쪽으로 터벅터벅 발걸음을 옮겼다. 쌓인 눈은 무겁고 축축했으며, 눈과 얼음 녹은 물이 사방에서 쫄쫄 흐르고 있었다. 에거는 채소를 생각했고, 그 밖에 해야 할 일을 떠올렸다. 토양 때문에 수확량이 많지는 않겠지만, 그것으로 충분할 것이다. 우리 부부는 염소를 키우거나, 아마도 우유를 얻기 위해 암소를 키울 수도 있을 거라고 에거는 생각했다. 그는 멈춰섰다. 저 높은 곳 어딘가에서 소리가 들렸다. 산속 깊숙한 곳에서 어떤 한숨 같은 것이 터진 듯했다. 그러고서 천둥이 울리는 듯한 깊은 소리가 점점 부풀어올랐고, 잠깐 동안 발아래 땅이 떨리기 시작했다. 에거는 불현듯 서늘한 기운을 느꼈다. 몇 초가 지나자 천둥 울리는 듯한 소리는, 무엇이든 꿰뚫을 듯 날카롭고 낭랑한 소리로 바뀌었다. 에거는 꼼짝도 못한 채 산이 부르기 시작하는 노래를 들었다. 그러고서 약 20미터 떨어진 곳에서 검고 커다란 무언가가 소리 없이 쓰러지는 광경을 보았다. 그것이 나무줄기라는 것을 미처 파악하기도 전에, 에거는 달음박질쳤다. 깊숙이 쌓인 눈밭을 달려 집 쪽으로 가며 마리의 이름을 외쳤지만, 곧이어 무언가가 그를 붙들더니 하늘 높이 들어올렸다. 에거는 누군가가 자기를 끌고 가는 듯한 느낌이 들었다. 어두운 파도가 그를 집어삼키기 전에 에거가 마지막으로 본 것은 하늘을 향해 높이 솟은 자신의 두 다리였으며, 두 다리는 몸의 나머지 부분과 연결이

끊어진 것만 같았다.

에거가 다시 정신을 차렸을 때 구름은 사라졌고 밤하늘에는 하얀 달빛이 환하게 빛나고 있었다. 달빛을 받고 있는 산은 사방에 우뚝 솟아 있었고, 얼음으로 뒤덮인 산등성이는 마치 얇은 금속판을 찍어낸 것처럼 보였다. 산등성이의 모습이 워낙 날카롭고 명료해 하늘을 베어버릴 것만 같았다. 에거는 등을 땅에 댄 채 비스듬히 누워 있었다. 머리와 팔은 움직일 수 있었지만, 다리는 엉덩이까지 쌓인 눈 속에 파묻혀 있어서 움직일 수 없었다. 그는 눈을 파헤치기 시작했다. 두 손으로 눈을 펐고, 다리를 꽉 붙들고 있던 눈 더미를 긁어냈다. 다리가 눈에서 빠져나오자, 에거는 두 다리가 나뭇조각처럼 차갑고 낯설게 놓여 있는 모습을 놀라운 마음으로 바라보았다. 두 주먹으로 양쪽 넓적다리를 마구 때렸다. "지금 이렇게 혼자 있을 수는 없다고." 그는 이렇게 말했고, 다리에서 찌릿하며 피와 통증이 흘러나오자 마침내 잔뜩 쉰 목소리로 웃음을 터뜨렸다. 에거는 일어나려 했지만, 즉시 다리가 도로 꺾였다. 그는 아무 쓸모없는 두 다리를 향해 욕을 퍼부었고, 어린아이의 몸보다도 약한 자기 몸 전체에 욕설을 내뱉었다. "이제 좀 일어나자고, 자식아!" 에거는 혼잣말을 했고, 다시 한 번 시도했다. 이번에는 일어나는 데 성공했다. 산악 지역의 모습은 완전히 뒤바뀌어버리고 말았다. 눈사태로 인해 나무와 바위는 눈 속에 파묻혀버렸고 땅바닥은 평평해졌다. 눈 더미는 거대한 이불처럼 달빛을 받으며 바닥에 깔려 있었다. 에거는 산의 방향을 제대로 알려고 발버둥 쳤다. 방향을 얼추 파악하게 되자, 자신이 오두막으로부터 약 300미터 아래 있다는 사실을 알았다. 오두막은 이곳에서 위쪽 방향에, 눈이 잔뜩 쌓인 언덕 뒤에 있을 것이 틀림없었다. 에거는 출발했다. 산을 올라가는 일은 생각보다 훨씬 더디게 진행됐다. 눈사태로 밀려온 눈덩이의 양이 얼마나 되는지 예측할 수 없었고, 더욱이 돌처럼 단단한 데다 지반에 단단히 엉겨붙어 있는 듯했다. 더욱이 그 위에 있는 눈은 설탕 가루처럼 부드럽고 분말성이라, 두 발짝만 내딛기도 쉽지 않았다. 통증도 악화됐다. 무엇보다 성한 왼쪽 다리가 걱정됐다. 쇠로 만든 가시가 왼쪽 넓적다리에 꽂혀 있는 듯한 느낌이었다. 가시는 걸음을 옮길 때마다 살 속 깊숙이 뚫고 들어가는 듯했다. 에거는 새끼 제비들을 생각했다. 눈사태로 인한 충격파가 새끼 제비들을 덮치지 않았기를 바랐다. 하지만 둥지는 상당히 안전한 곳에 있었고, 에거는 지붕 뼈대를 튼튼하게 지었다. 그럼에도 불구하고 에거는 집 아래쪽을 받친 기둥을 더 견고하게 만들었어야 했고, 지붕에 돌을 얹었어야 했고, 산비탈 깊은 곳에서 제몫을 해내고 있는 버팀벽처럼 바위 조각을 서로 맞물리게 쌓아 오두막 뒷면을 보호했어야 했다고 자책했다. "그래도 분명히 평평한 돌을 가져다 썼다고!" 에거는 큰 소리로 혼잣말을 했다. 그는 잠깐 멈춰서서 귀를 기울였다. 그러나 소리는 거의 들리지 않았다. 퓐 바람은 사라졌고, 단지 약한 미풍만 살갗을 자극했다. 에거는 계속 걸었다. 그를 둘러싼 세상은 죽은 듯 고요했다. 에거는 자신이 지상에 마지막 남은 인간이라는, 적어도 골짜기에 남은 최후의 인간이라는 느낌이 잠깐 들었다. 웃을 수밖에 없었다. "말도 안 되는 생각이야." 그는 이렇게 말하고는 계속 걸었다. 눈이 쌓인 언덕 아래 마지막 구간은 가팔라서, 에거는 팔다리를 모두 써서 기어 올라가야 했다. 손가락에 닿은 눈은 쉽게 부스러졌고 기묘할 정도로 따뜻하게 느껴졌다. 이상하게도 다리의 통증은 사라졌지만, 추위는 여전히 뼛속 깊숙이 박혀 있었다. 뼈는 유리처럼 가볍고 깨지기 쉽다는 느낌이 들었다. "머지않아 도착하겠군." 에거는 이렇게 말했다. 혼잣말을 한 것일 수도, 마리 또는 누군가에게 말한 것일 수도 있지만, 그 순간 에거는 더 이상 아무도 그의 말에 귀를 기울이지 않는다는 것을 깨달았다. 그리고 에거는 상반신을 언덕 꼭대기 위로 끌어올린 뒤, 큰 소리로 흐느껴 울었다. 그는 눈 속에 무릎을 꿇었고 달빛이 비추는 평지를, 원래는 자신의 집이 있던 곳을 주의 깊게 살폈다. 정적 속에서 에거는 아내의 이름을 소리 높여 불렀다. "마리! 마리!" 그는 일어서서 집터 주변을 우왕좌왕 돌아다녔다. 가루 같은 눈이 무릎 깊이로 쌓여 있었고, 바로 그 밑에 있는 눈은 롤러에 압착되기라도 한 듯 딱딱하고 매끄러웠다. 지붕널, 돌, 산산조각 난 목재가 사방에 흩어져 있었다. 에거는 빗물 모아두는 통을, 바로 그 옆에 있는 자기가 신던 장화 한 켤레를 알아보았다. 약간 들려진 곳을 보니 굴뚝 파편이 튀어나와 있었다. 에거는 몇 걸음 더 나아갔고, 거기가 원래 현관이 있었던 곳이라고 추측했다. 무릎을 꿇고 눈 더미를 파헤치기 시작했다. 손에서 피가 날 때까지 팠고, 아래에 쌓인 눈은 어두운 색으로 물들었다. 한 시간 뒤 약 1.5미터 깊이에 이르자 눈사태로 산산조각 난, 시멘트로 고정시킨 지붕 들보 같은 것이 손가락에 닿은 것을 느꼈다. 에거는 눈 더미를 파헤치는 행동을 멈추었다. 그런 다음 앞으로 쓰러지며 얼굴을 자신의 피로 물든 눈에 갖다 댔다.

지역 주민들이 개별적으로 증언한 상황을 한데 모아, 그날 밤 일어난 사건의 전모를 제대로 이해할 수 있게 되기까지는 몇 주가 걸렸다. 눈사태는 새벽 2시 30분에 일어났다. 알머슈피체로부터 아래쪽으로 약 50미터 지점에 있는 벼랑 가의 얼어붙은 눈에서 거대한 덩어리가 떨어져나와, 엄청난 기세로 산 아래로 돌진했다. 얼음 덩어리가 떨어져나온 곳의 지형이 거의 수직이었기 때문에, 눈사태 규모는 빠른 속도로 커졌다. 눈사태는 맹렬하게 진행됐고, 모든 것을 파괴해버린 흔적을 골짜기에 남기고 지나갔다. 눈 더미는 우레 같은 소리를 내며 마을 뒤편 출구를 아슬아슬하게 지나 마을 맞은편에 위치한 골짜기 측면까지 몰려갔다. 이 눈 더미 때문에 골짜기 측면에서 소규모 눈사태가 추가로 일어났다. 눈사태는 최북단 지맥은 물론 심지어 비터만 운트 쵀네 회사 노동자들이 묵는 야영지까지 도달했고, 결국 토마스 마틀이 애용하는 오래된 목욕통으로부터 고작 팔 길이만 한 간격을 두고 간신히 멈추었다. 눈사태는 숲을 휩쓸며 모든 것을 뿌리째 파괴했고, 마을 연못이 있는 언덕까지 이르는 깊은 도랑을 남겼다. 마을 주민들은 둔중한 폭발음이 들렸고, 뒤를 이어 마치 기운 센 가축 떼가 몰려가는 것 같은 쏴쏴거리는 소리, 또는 쿵쾅거리는 소리가 재빠르게 산에서 내려와 마을 가까이까지 이르렀다고 증언했다. 충격파 때문에 창이 부르르 떨렸고 벽에 걸어놓았던 성모 마리아상과 예수 십자가상이 사방에서 떨어졌다. 사람들은 황급히 집을 빠져나와 거리로 내달렸고, 머리를 숙인 그들 위에는 눈먼지로 이루어진 구름이 드리워져 있었다. 이 구름은 별들을 집어삼켜버린 듯했다. 마을 주민들은 성당 앞에 한데 모였고 여자들은 다 함께 속삭이듯 기도했다. 합창 같은 기도에 응하기라도 하듯, 천둥처럼 우르릉거리던 눈사태 소리는 점차 수그러들었다. 눈구름이 아주 서서히 내려앉아, 모든 것을 하얗고 미세한 층으로 덮었다. 죽음과도 같은 고요가 골짜기 전체에 드리워졌고, 마을 주민들은 이제야 눈사태가 끝났다는 것을 알아차렸다.

마을이 입은 손실은 아주 끔찍했다. 마을 노인 몇 명이 여전히 생생하게 기억하고 있다고 굳게 믿는 1873년에 일어난 대규모 눈사태보다도 훨씬 상황이 나빴다. 그때는 마을 주민 열여섯 명이 눈 속에 묻혔다. 오크프라이너 농장에 마련된 가정 제단祭壇에 새겨진 열여섯 개의 십자가가 열여섯 명의 영혼을 말없이 증명하고 있었다. 한편 이번 눈사태로 인해 농장 네 곳, 말린 짚을 보관하는 커다란 헛간 두 곳, 시장이 급류에 설치한 작은 물레방아는 물론 노동자가 묵는 가건물 다섯 채, 야영지에 설치한 간이 화장실이 완전히 부서지거나 최소한 상당 부분 파손됐다. 소 19마리, 돼지 28마리, 수많은 닭, 마을에서 유일하게 키웠던 양 6마리가 사체로 발견됐다. 사체는 트랙터나 맨손으로 눈 속에서 끄집어 냈고 더 이상 사용하지 못하는 폐목재와 함께 태웠다. 살을 태운 악취는 며칠 동안 계속 대기를 맴돌았고 이제 막 도착한 봄의 향기를 삼켜버렸다. 눈 더미가 녹아버리면서 재앙의 규모는 적나라하게 드러났다. 그럼에도 불구하고 마을 사람들은 일요일에 성당에 모여 하느님이 베푼 자비에 감사를 드렸다. 눈사태로 목숨을 잃은 사람이 세 명밖에 되지 않는다는 사실은, 오로지 신의 은총으로밖에 설명할 수 없었기 때문이다. 늙은 농부인 지몬과 헤트비히 요나서 부부는 엄청난 양의 눈이 집을 에워싼 바람에 꼼짝없이 집 안에 갇혔다. 나중에 사람들이 눈을 뚫고 침실에 도착해보니, 그들 부부는 침대에서 서로 꼭 끌어안은 채 숨져 있었다. 부부는 얼굴을 맞댄 채 숨이 막혀 죽음을 맞이했다. 그리고 여관에서 하녀로 일하던 마리 라이젠바허, 즉 안드레아스 에거의 젊은 신부도 눈사태로 목숨을 잃었다.

사고가 난 밤 급하게 결성된 구조대 남자들은 눈이 에거의 오두막을 집어삼킨 것을, 에거가 자신이 맨손으로 판 눈구덩이 앞에 몸을 웅크리고 누워 있는 것을 발견했다. 나중에 에거에게 이야기하기를, 구조대가 사고가 일어난 장소에 다가갔을 때 에거는 전혀 움직이지 않았고, 어두운 행색으로 웅크리고 있는 이 사람의 목숨이 아직 붙어 있다는 데 1그로셴을 건 구조대원은 아무도 없었다고 했다. 에거는 자기가 구조받게 된 자세한 정황에 대해서는 전혀 기억나지 않았지만, 햇불이 밤의 어둠에서 풀려나와 정령처럼 흔들리며 자기를 향해 서서히 다가오는 꿈같은 영상은 생을 마칠 때까지 마음속에 간직했다.

마리의 시신도 결국 발견되었고, 요나서 부부와 나란히 성당에 안치된 뒤 교구 묘지에 묻혔다. 장례식이 열렸을 때 햇빛은 밝게 빛났고, 무덤을 파고 쌓아올린 흙더미 위로 우수리뒤영벌이 올해 처음으로 윙윙거리며 날아다녔다. 병든 기색의 에거는 슬픔에 빠져 등받이가 없는 의자에 멍하니 앉은 채, 사람들의 조의를 받았다. 사람들이 자기에게 무슨 말을 하는지 도무지 알아듣지 못했고, 그들이 자신을 향해 내민 손은 무슨 낯선 물체 같다는 느낌이 들었다.

이후 몇 주 동안 에거는 황금 영양에서 묵었다. 그는 여관 주인이 제공한 세탁실 뒤편 아주 작은 방 침대에 누워 대부분의 시간을 보냈다. 다리에 입은 골절상은 아주 서서히 나았다. 접골사 알로이스 클라머러가 몇 년 전에 세상을 떠났기 때문에, 지역에 사는 젊은 의사에게 도움을 청해야 했다. 그 의사는 바로 전 계절에 마을로 이사 왔고, 주로 점점 발생 수가 증가하는 도보 여행객 및 스키 여행객의 삐거나 탈구되거나 부러진 손발과 팔다리를 치료하며 먹고살았다. 비터만 운트 죄네 회사는 의사에게 사례금을 지불했고, 의사는 눈부시게 하얀 깁스를 에거의 두 다리에 감았다. 그로부터 2주가 지난 뒤, 짚으로 만든 두툼한 쿠션을 에거의 등 뒤에 받쳐주었다. 에거는 그때까지 점토 접시에 담긴 우유를 홀짝였지만, 이제는 일어나 앉아 컵에 든 우유를 마실 수 있게 되었다. 3주가 지나 에거가 충분히 회복되자, 여관 주인과 종업원이 날마다 정오가 되면 말 등에 덮는 담요를 에거에게 씌우고 침대에서 들어올려 문 밖에 있는 작은 자작나무 벤치에 앉혔다. 이 벤치에 앉으면 에거의 집이 있던 산비탈이 보였다. 이제 그 자리에는 오로지 따스한 봄 햇빛이 비추는 돌 더미만 쌓여 있었다.

5월 말 무렵 에거는 주방에서 일하는 소년에게 날을 날카롭게 간 고기 자르는 손도끼를 가져다 달라고 부탁했다. 그는 손도끼로 깁스를 자르고 부쉈고, 마침내 깁스가 덜커덕 소리를 내며 두 동강이 나면서 두 다리가 드러났다. 가늘고 하얀 두 다리는 껍질이 벗겨진 나무 막대기처럼 침대보 위에 놓여 있었다. 그 모습을 보니, 에거는 몇 주 전 눈 속에서 두 다리를 끌고 나왔을 때에 엄습했던 차갑고 뻣뻣한 느낌보다 훨씬 기묘한 기분이 들었다.

이후 며칠 동안 에거는 쇠약한 몸을 질질 끌고 침대와 자작나무 벤치 사이를 오갔다. 그러다가 마침내 두 다리가 자기 몸에 제대로 달려 있다는 느낌과 아울러 먼 거리도 갈 수 있을 만큼 충분히 튼튼해졌다는 느낌도 받았다. 몇 주 만에 처음으로 에거는 바지를 입었고 자신이 살던 땅을 향해 길을 떠났다. 그는 눈사태로 파괴된 숲을 걸으며 하늘을 올려다보았다. 하늘에는 아주 작고 둥근 구름이 가득 떠 있었다. 그루터기와 찢어진 나무줄기 사이

어디에나 하얀색, 진한 황색, 밝은 청색 꽃들이 피어 있었다. 에거는 훗날을 위해 기억해두려고, 이 모든 것을 제대로 보려 애썼다. 무슨 일이 일어났는지 이해하고 싶었지만, 몇 시간 뒤 자신이 살던 땅에 도착해 여기저기 널부러져 있는 들보와 널빤지를 보았을 때, 그는 자신이 이해할 수 있는 것은 아무것도 없다는 사실을 깨달았다. 에거는 돌 위에 앉아 마리를 생각했다. 그날 밤에 일어난 사건을 마음속으로 그려보자 소름 끼치는 끔찍한 광경이 눈앞에 떠올랐다. ― 마리는 똑바로 일어나 두 팔을 이불 위로 쭉 편 채 침대에 앉아 있었고, 눈을 크게 뜬 채 어둠 속에서 귀를 기울이고 있었다. 그로부터 불과 몇 초도 지나지 않아, 눈사태가 거대한 주먹처럼 벽을 부수고 마리의 몸을 차가운 땅속으로 밀어버렸다.

* * *

눈사태가 일어난 뒤 거의 반년이 지났고, 가을이 왔다. 회사에서 공사 현장을 옮기는 바람에 에거는 골짜기를 떠났다. 그런데 에거는 더 이상 무겁고 단단한 나무를 베는 일을 제대로 해낼 수 없었다.

"도대체 자네 같은 사람은 무얼 해야 되겠나?" 에거가 소리 없이 절뚝거리며 양탄자 위를 걸어가 고개를 숙인 채 책상 앞에 서자 총지배인이 물었다. "자네는 더 이상 쓸모가 없어." 에거는 고개를 끄덕였고 총지배인은 한숨을 쉬었다. "부인 일은 정말 유감이네. 하지만 눈사태가 폭파 때문에 일어났다는 생각은 절대 들지 않아. 마지막 폭파는 눈사태가 일어나기 몇 주 전에 있었다고!" 총지배인이 말했다.

"저도 그런 생각은 들지 않습니다." 에거가 말했다. 총지배인은 머리를 한쪽으로 기울인 채 잠시 창밖을 바라보았다.

"설마 산이 폭파를 기억해두었다가 눈사태를 일으켰을지도 모른다고 믿는 건 아니겠지?" 총지배인은 불쑥 이렇게 물었다. 에거는 어깨를 으쓱했다. 총지배인은 몸을 옆으로 구부려 골골거리는 소리를 내더니 발치에 놓인 얇은 금속판 그릇에 침을 뱉었다. "그렇다면 좋아." 마침내 총지배인이 말했다. "비터만 운트 죄네 회사는 지금까지 케이블카 열일곱 대를 구축했네. 하지만 장담하건대 이게 마지막이 되지는 않을 거야. 사람들은 널빤지를 타고 산을 내려가는 짓에 환장한다고." 총지배인은 구두코로 그릇을 책상 아래로 밀어넣고는 에거를 진지하게 바라보았다. "왜 그런지는 하느님만 알고 계시지." 그는 말했다. "어쨌든 케이블카를 정비해야 하고, 차량 지붕을 관리해야 하고 기타 등등 할 일이 많아. 항상 딱딱한 땅바닥을 돌아다닐 필요는 없잖아, 안 그래?"

"그럴 필요는 없다고 생각합니다."

에거가 말했다.

"그렇다면 좋아."

총지배인이 말했다.

—

에거는 소규모 팀에 파견됐다. 이 팀은 몇 명 되지 않는 과묵한 남자들로 이루어졌다. 그들은 수염을 덥수룩하게 길렀고 산에 뜬 태양에 그을린 얼굴은 영혼의 미동조차 거의 드러내지 않았다. 그들은 밀폐형 배송차를 타고, 대개 짐칸의 개폐식 운반대에 웅크리고 앉아, 타르를 칠해놓은 경우가 점점 늘어나는 산길을 달려 이 케이블카에서 저 케이블카로 이동하며 정비 작업에 몰두했다. 그래서 정비 작업은 한 지역에 오래 정착해 살던 일꾼이 감당하기에는 너무 부담스러웠다. 에거의 임무는 기둥에 올라가 손으로 제동되는 롤러 기계 장치를 강철 케이블에 매고 오로지 안전용 밧줄에만 매달려 골짜기 방향으로 천천히 미끄러져 가면서, 케이블과 기둥 이음쇠에 낀 먼지, 얼음, 말라붙은 새똥을 제거한 뒤 신선한 기름을 칠하는 일이었다. 아무도 이 작업을 하려 하지 않았다. 몇 년 전에 노련한 등반가인 일꾼 두 명이 떨어져 목숨을 잃었다는 소문이 퍼졌기 때문이다. 이런 사고는 남자들의 부주의 또는 장비 결함, 아니면 단순히 때때로 강철 케이블을 좌우 몇 미터 폭으로 흔드는 바람 때문에 일어났다. 하지만 에거는 전혀 두렵지 않았다. 그는 자신의 삶이 가느다란 줄에 매달려 있다는 것을 잘 알았지만, 기둥에 힘겹게 기어오르자마자 롤러 기계 장치를 장착하고 안전 고리를 끼워 고정시키면 마음속으로 평온한 느낌이 들었다. 시커먼 구름처럼 가슴을 온통 뒤덮은 혼란스럽고 절망적인 생각은 산 공기 속에서 점점 녹아버려, 오로지 순수한 슬픔만 남아 있는 것 같은 기분이 들었다.

몇 달 동안 에거는 여러 골짜기를 이동하며 밤에는 화물차나 싸구려 여관방에서 잤고, 낮에는 하늘과 땅 사이에 매달려 있었다. 그는 겨울이 산 위로 가라앉는 광경을 보았다. 에거는 폭설이 몰아치는 가운데에서도 일했고, 와이어용 솔로 케이블에 낀 얼음을 긁었고, 기둥 받침대에 달린 긴 고드름을 깼다. 고드름 조각은 산 아래 깊은 곳으로 떨어져 쨍그랑 소리를 낮게 내거나 아무 소리 없이 눈 속에 파묻혀버렸다. 에거는 종종 저 멀리서 천둥처럼 둔중한 눈사태 소리를 들었다. 때때로 눈사태 소리는 가까이 다가오는 것 같았고, 그는 산비탈을 쳐다보며 거대한 하얀 파도를 고대했다. 파도가 순식간에 그에게 몰려와 결국 삼켜버리기를 고대했다. 케이블, 기둥, 그리고 온 세상도 같이 삼켜버리기를 갈망했다. 하지만 매번 천둥소리는 서서히 사라지고 갈까마귀의 맑은 울음소리가 다시 들렸다.

봄이 되자 에거의 작업 노선은 그가 한때 머물렀던 골짜기로 다시 향했다. 파란 리즐이 지나는 숲길에 돌아다니는 표류목漂流木을 제거하고 기둥 토대에 생긴 작은 틈을 메우기 위해서였다. 에거는 황금 영양에 다시 묵었다. 이번에도 다리가 부러진 채 수많은 날을 보냈던 바로 그 방에 묵었다. 에거는 매일 저녁 기진맥진한 채 산에서 돌아와 침대 가장자리에 앉아 하루 치 배급 식량의 남은 것을 먹었고, 머리가 베개에 닿자마자 곯아떨어졌다. 꿈도 꾸지 않은 채 깊은 잠에 빠졌다. 언젠가 한밤중에 기묘한 느낌이 들어 깨어난 적이 있었다. 지붕 아래 난 먼지 낀 작은 창문을 올려다보니, 창문이 무수한 나방으로 뒤덮여 있었다. 나방의 날개는 달빛을 받아 환하게 빛났고, 거의 들리지도 않는 무미건조한 소음을 내며 유리창에 부딪쳤다. 에거는 잠시 동안 나방의 출현이 어떤 징후가 분명하다고 생각했지만, 무엇을 의미하는지는 몰랐다. 그래서 눈을 감고 다시 잠들려 애썼다. 그냥 나방일 뿐이라고 에거는 생각했다. 바보 같고 조그마한 나방 몇 마리일 뿐이다. 그리고 다음 날 아침 일찍 에거가 잠에서 깨어나 보니, 나방은 전부 사라져버렸다.

에거는 몇 주 동안 마을에 머물렀다. 마을에 있는 동안 그는 눈사태가 빚은 결과로부터 받은 충격을 극복하기 위해 최대한 의식적으로 노력했고, 그런 다음 현장으로 계속 이동했다. 에거는 자신이 살던 땅을 돌아보거나 묘지에 가는 행동을 삼갔고, 작은 자작나무 벤치에도 앉지 않았다. 그는 점점 현장으로 계속 이동했다. 산과 산 사이 허공에 매달려, 자신의 몸 아래에서 계절이 다채로운 그림처럼 지나가는 광경을 보았다. 하지만 계절의 변화는 그에게 아무 의미가 없었고 그와 아무 관련도 없었다. 훗날 에거는 눈사태가 난 뒤의 몇 년의 세월을 텅 빈 침묵의 시간으로 기억했다. 그저 서서히, 거의 눈에 띄지 않게 다시 삶으로 가득 채워지는 시간으로.

어느 맑은 가을날, 사포 두루마리가 에거의 손에서 떨어져, 제멋대로 구는 새끼 숫염소처럼 산비탈을 굴러 내려갔고 튀어나온 바위 위를 항해하다가 결국 산속 깊은 곳으로 사라졌다. 에거는 작업을 멈추고 몇 년 만에 처음으로 주위 환경을 눈여겨보았다. 해는 낮게 떠 있었고 멀리 떨어져 있는 산꼭대기도 아주 또렷하게 볼 수 있었다. 누군가가 방금 하늘에 그림을 그려놓기라도 한 것 같았다. 바로 곁에는 큰 단풍나무가 홀로 노랗게 빛나고 있었다. 나무에서 약간 떨어진 곳에는 암소 몇 마리가 풀을 뜯고 있었고, 길고 가느다란 그림자를 드리웠다. 그림자는 암소와 함께 보조를 맞춰 한 걸음 한 걸음 목초지를 거닐고 있었다. 송아지를 가두어놓은 작은 움막의 처마 밑에는 도보 여행객 무리가 앉아 있었다. 에거는 여행객들이 서로 대화하며 웃는 소리를 들을 수 있었다. 에거는 그들의 목소리가 낯설지만 기분 좋게 들렸다. 마리의 목소리를 떠올렸다. 그녀의 목소리가 얼마나 듣기 좋았는지 추억에 잠겼다. 에거는 마리가 노래했을 때의 멜로디와 음색을 떠올리려 애썼지만, 도무지 기억해내지 못했다. "아무리 그래도 그렇지, 마리가 노래하는 소리를 기억해낼 수 있다면 얼마나 좋을까!" 그는 허공에 대고 큰 소리로 외쳤다. 그러고서 에거는 다음 기둥으로 천천히 굴러갔고, 아래로 내려가 떨어뜨린 사포를 찾으러 갔다.

사흘 뒤, 에거는 어느 산 정거장 토대에 박혀 있는 굵은 못에 슨 녹을 솔로 털어내며 춥고 눅눅한 하루를 보냈다. 일과를 마치고 저녁이 되자 에거는 화물차에 뛰어올랐고, 다른 남자들과 함께 머물고 있는 조그마한 여관으로 향했다. 그가 묵는 방으로 가려면 식초에 절인 오이 냄새를 풍기는 여관 주인의 거실을 지나가야 했다. 여관 주인인 노부인은 홀로 탁자에 앉아 있었다. 그녀는 팔꿈치를 탁자에 괸 채 두 손으로 얼굴을 감싸고 있었다. 노부인 앞에는 커다란 라디오 상자가 놓여 있었다. 평소 이 시간이 되면 라디오에서는 금관 악기 연주곡이 흘러나오든지, 아니면 아돌프 히틀러의 분노에 찬 장광설이 울려퍼졌다. 그런데 이번에는 라디오에서 아무 소리도 들리지 않았다. 에거는 두 손으로 얼굴을 가린 채 들이쉬는, 노부인의 나지막하지만 가쁜 숨소리를 들었다. "어디가 편찮으세요?" 에거는 물어보았다.

여관 주인은 고개를 들고 그를 쳐다보았다. 그녀의 얼굴에는 손가락에 눌린 자국으로 보이는 창백한 줄무늬가 눈에 띄었다. 줄무늬에는 서서히 피가 다시 돌기 시작했다.

"전쟁이 터졌어."

여관 주인이 말했다.

"누가 그러던가요?"

에거가 물었다.

"라디오에서 들었어."

노부인은 이렇게 말하고 라디오 상자를 적의에 찬 눈길로 쳐다보았다. 에거는 여관 주인이 뒷머리를 붙잡더니 재빠르게 두어 번 움직여 틀어올린 머리카락을 푸는 걸 바라보았다. 노부인의 머리카락이 목 위로 떨어졌다. 아마실처럼 길고 노란빛을 띠고 있었다. 여관 주인의 어깨가 잠깐 동안 들썩였다. 흐느껴 울기 시작하려는 듯했다. 하지만 그녀는 자리에서 일어나 에거를 지나쳤고, 복도를 거쳐 밖으로 나갔다. 바깥으로 나가자 더러운 고양이 한 마리가 여관 주인을 반갑게 맞이했다. 고양이는 노부인의 발을 잠깐 동안 쓰다듬었다. 여관 주인과 고양이는 함께 모퉁이를 돌아 자취를 감추었다.

다음 날 아침 에거는 전시 복무를 지원하려고 여관을 떠나 마을을 향해 길을 나섰다. 깊게 생각한 뒤에 내린 결정은 아니었다. 멀리서 들려오는 부름에 응하듯 그냥 갑작스럽게 내린 결정이었다. 그리고 에거는 부름에 따라야 한다는 것을 알았다. 그는 열일곱 살 때 이미 한 번 징병 검사에 소집된 적이 있지만, 그때는 크란츠슈토커가 강력하게 이의를 제기해 징집을 피하는 데 성공했다. 크란츠슈토커는 군대가 이탈리아 놈들이나 (설상가상으로) 바게트나 먹는 놈들*을 불태워 죽이려고 사랑하는 양아들 (여기에 덧붙여 그는 에거가 가족 중에서 가장 유능한 일꾼이라고도 진술했다.)을 강제로 끌고 간다면, 차라리 하느님의 이름으로 엉덩이 아래 농장 전부를 불태워버리는 것이 낫다고 우겼다. 당시 에거는 크란츠슈토커에게 은밀히 감사의 마음을 느꼈다. 인생에서 잃을 것이 전혀 없기는 했지만, 적어도 무언가를 얻을 가망은 아직 있었다. 하지만 지금은 상황이 달랐다.

날씨가 어느 정도 평온했기 때문에, 에거는 길을 나섰다. 그

---

* 프랑스 인을 의미함.

는 하루 종일 걸음을 재촉했고, 밤이 되면 건초를 보관하는 낡은 헛간에 머물렀다가, 해가 뜨기 훨씬 전에 다시 출발했다. 에거는 최근에 길을 따라 설치된 가느다란 전신주 사이에 늘어져 있는 전화선이 어디서나 한결같이 윙윙거리는 소리에 귀를 기울였다. 그리고 햇살이 처음으로 비추면, 산이 밤으로부터 빠져나와 쑥쑥 자라나는 광경을 보았다. 이러한 장관을 이미 수천 번 보기는 했지만, 이번에는 특별한 방식으로 그를 감동시켰다. 평생 동안 이렇게 아름다우면서 동시에 공포를 불러일으키는 광경을 과연 본 적이 있는지, 도무지 머릿속에 떠오르지 않았다.

에거가 마을에 머무른 기간은 짧았다. "나이가 너무 많습니다. 더구나 다리도 절지 않습니까." 장교가 말했다. 황금 영양에서 만난 장교는 하얀 천을 덮고 작은 하켄크로이츠* 깃발로 장식한 여관 탁자 앞에 앉아 있었다. 그는 시장과 타이피스트로 보이는 중년 여성과 함께 징병검사위원회를 구성했다.

"전쟁에 나가고 싶습니다."

에거가 말했다.

"우리 군대가 당신 같은 병력을 필요로 한다고 확신합니까? 그렇다면 당신은 우리 군대가 어떤 곳이라고 생각합니까?"

장교가 물었다.

"바보 같은 짓 하지 말게, 안드레아스. 일터로 돌아가라고."

---

* '갈고리 십자가'라는 뜻으로 나치의 상징임. 범어梵語의 만卍과 비슷한 모양으로 유대 인을 배척한다는 의미를 지님.

시장이 말했다. 이로써 상황은 끝이 났다. 타이피스트는 한 장짜리 징병 검사 문서에 불합격 스탬프를 찍었고, 에거는 케이블카로 되돌아갔다.

그로부터 4년이 채 지나지 않은 1942년 11월, 에거는 바로 그 징병검사위원회 앞에 다시 섰다. 하지만 이번에는 자원한 것이 아니라 징집 명령을 받고 온 것이다. 에거는 왜 나치 군대가 지금 갑자기 자기 같은 사람을 필요로 하는지 전혀 알 길이 없었다. 어쨌든 시대가 변한 것 같았다.

"무엇을 할 수 있습니까?"

장교가 물었다.

"저는 산을 아주 잘 압니다. 케이블카를 사포질하고 바위에 구멍을 낼 수 있습니다!"

에거가 대답했다.

"좋습니다. 코카서스 지역*에 대해 들어본 적이 있습니까?"

장교가 말했다.

"없습니다."

에거가 말했다.

"몰라도 상관없습니다. 안드레아스 에거, 이것으로 징병 검사에 합격했음을 통고합니다. 동부 전선을 해방시키는 영예로운 임무가 당신에게 주어졌습니다!"

• 흑해와 카스피 해 사이에 있는 지역. 러시아, 조지아, 아제르바이잔, 아르메니아 등 여러 나라가 접해 있는 동서 교통의 요충지이며, 유전 지대이기도 함.

장교가 말했다.

에거는 창문 쪽으로 눈길을 보냈다. 밖에는 비가 오기 시작했다. 굵은 빗줄기가 유리창을 세차게 두드려서 식당 안이 어두워졌다. 에거가 곁눈질로 보니, 시장은 느릿느릿 탁자 위로 몸을 기울이더니 탁자 표면을 계속 바라보았다.

에거는 총 8년 동안 러시아에 머물렀다. 그중 2개월도 채 되지 않는 시간은 전선에서 보냈고, 나머지 기간은 흑해 북부 광활한 스텝 지대 어딘가에 있는 포로수용소에 갇혀지냈다. 처음에는 임무(동부 전선을 해방시키는 것 이외에도 상당 양의 석유 자원을 확보하는 것은 물론, 석유 운반 장치를 방어하고 정돈·유지하는 임무였다.)가 어느 정도 분명해 보였지만, 불과 며칠이 지나자 에거는 자신이 왜 그곳에 있는지, 도대체 누구를 위해, 누구와 맞서싸우고 있는지 더 이상 정확하게 말하지 못했다. 이 코카서스 지역에서 보내는 칠흑 같은 겨울밤, 산등성이 수평선에서 포화가 빛을 발하는 꽃처럼 피어오르고, 그 빛이 병사들의 두려움으로 가득한 또는 절망에 빠진 또는 무감각해진 얼굴에 드리워지면, 의미 있는 생각이든 의미 없는 생각이든 전부 억눌리게 됐다. 에거는 아무것도 묻지 않았다. 그는 명령을 수행했고, 그게 다였다. 그렇게 하지 않으면 훨씬 나쁜 일을 겪게 될 수도 있다고 생각했다. 산악 지역에 도착하고 불과 몇 주가 지난 어느 날 밤, 과묵하지만 이 지역에 정통한 것이 분명한 동료 병사 두 명이 에거를 4,000미터 고도에 있는 바위투성이의 비좁은 고지대로 데려 갔다. 에거는 복귀 명령을 받을 때까지 그곳에 머물러야 했고, 상관 중 한 명이 에거의 임무를 설명했다. 하나는 폭약을 넣기 위해 바위에 구멍을 뚫는 임무였고, 다른 하나는 전방 진지를 지키고 필요한 경우에는 사수하는 임무였다. 에거는 자기가 전방 진지 중 어떤 것을 맡아야 하는지, 심지어 전방 진지라는 것이 도대체 무엇을 뜻하는지 전혀 알 길이 없었지만, 임무에 불만을 품지는 않았다. 두 동료 병사는 공구, 텐트, 전투 식량이 든 상자를 에거에게 지급하고 일주일에 한 번 보급품을 가지고 오겠다는 약속을 하고 떠났다. 홀로 남은 에거는 최선을 다해 적응해나갔다. 낮에는 바위에 구멍을 수없이 뚫었다. 이 작업을 하면서 우선 바위를 덮은 두꺼운 얼음층부터 쳐내야 하는 경우도 자주 있었다. 밤이 되면 텐트에 몸을 누이고 살을 에는 듯한 추위 속에도 잠들어보려 애썼다. 그가 보유한 장비에는 침낭, 이불 두 개, 털가죽으로 안감을 댄 겨울용 장화, 산악병이 입는 누비 재킷이 포함되어 있었다. 에거는 텐트의 절반을 산등성이에 쌓인 얼어붙은 눈더미 속에 쳤다. 이렇게 하면 바람을 다소나마 막을 수 있기 때문이다. 바람이 윙윙거리는 소리가 너무나 커서, 폭격기 울부짖는 소리와 대공포對空砲의 둔중한 폭발 소리가 잘 들리지 않을 때도 있었다. 하지만 이 모든 것은 추위를 막기에는 역부족이었다. 혹한은 옷의 모든 솔기로 기어 들어오는 듯했고, 옷 아래에, 살갗 아래에, 몸속 모든 힘줄에 악착같이 매달려 있는 것 같았다. 불을 피우는 행위는 사형에 처해질 정도로 엄격히 금지됐지만, 설령 허용이 되었더라도 상관없을 뻔했다. 고지대는 수목 생육 한계선보다 높은 곳에 있어서 아무리 찾아보아도 태울 만한 작은 나뭇가지 하나 없었기 때문이다. 에거는 때때로 통조림을 데우려고 휘발유를 쓰는 소형 요리 도구에 불을 피우기도 했다. 그런데 이 조그마한 불꽃은 에거를 가지고 노는 듯했다. 불꽃은 그의 손가락 끝만 덥힐 뿐, 나머지 신체 부위는 더더욱 추위에 떨게 만들었다. 에거는 밤만 되면 두려움에 빠졌다. 침낭 안에 들어가 몸을 잔뜩 웅크린 채 누웠고, 추위 때문에 눈물이 흘러나왔다. 에거는 때로는 꿈을 꾸었다. 눈보라처럼 휘몰아치는 그의 마음속에서 풀려나온 흉측한 얼굴이 자신을 쫓아오는, 혼란스럽고 고통으로 가득한 꿈이었다. 언젠가는 이런 꿈을 꾸다가 깨어난 적이 있다. 무언가 부드럽고, 살살 움직이는 것이 텐트로 기어들어와 자신을 노려보는 것 같다는 생각이 들었기 때문이다. "제기랄!" 에거는 낮지만 숨넘어가는 목소리로 중얼거리고는 심장이 서서히 진정될 때까지 기다렸다. 그는 침낭에서 빠져나와 텐트 밖으로 기어나왔다. 칠흑 같은 밤하늘에는 별 하나 보이지 않았다. 주변 전체는 어둠 속에 잠겨 있었고 완벽하게 고요했다. 에거는 돌 위에 앉아 짙은 어둠을 응시했다. 심장 두드리는 소리가 다시 들렸다. 바로 이 순간, 그는 자신이 혼자가 아니라는 것을 알았다. 왜 이런 느낌이 드는지는 정확히 말할 수는 없었고, 그저 칠흑 같은 밤을 바라보며 심장 뛰는 소리를 들었을 뿐이다. 하지만 이곳 어딘가, 자신과 가까운 곳에 또 다른 생물이 있는 것 같다는 느낌이 들었다. 에거는 자기가 얼마나 오래 텐트 앞에 앉아 있었는지 가늠이 되지 않은 채 어둠 속에서 귀를 기울였지만, 띠 모양의 희미한 광선이 산 위로 처음 나타난 뒤에야 또 다른 생물이 어디에 있는지 알게 됐다. 고지대의 서쪽 경계를 이루는 골짜기 다른 측면에, 벽에서 튀어나온 바위가 있었다. 그 바위는 여기서 직선거리로 약 30미터 떨어져 있었고, 염소도 제대로 서 있지 못할 정도로 폭이 좁았다. 바로 그 바위 위에 러시아 병사 한 명이 서 있었다. 이제 그의 모습은 이른 아침의 점점 밝아지는 빛을 받으며 급격하게 뚜렷해졌다. 러시아 병사는 이해할 수 없을 만큼 꼼짝도 하지 않은 채 그냥 그 자리에 서서 에거 쪽을 응시하고 있었다. 한편 에거는 여전히 텐트 앞 돌 위에 앉은 채 감히 움직일 엄두를 내지 못하고 있었다. 병사는 어려 보였고 도시에 사는 소년처럼 얼굴 색깔이 우윳빛이었다. 그의 이마는 눈처럼 하얗고 매끄러웠으며, 독특하게도 눈초리가 치켜올라가 있었다. 러시아 병사는 무기를 갖고 있었다. 카자크• 군이 사용하는, 총검을 장착하지 않은 소총이었다. 그는 총에 달린 끈을 어깨에 메고 있었다. 러시아 병사는 침착하게 오른손을 개머리판에 얹었다. 그는 에거를 응시했으며 에거도 그를 바라보았다. 그들 주변은 코카서스 지역의 겨울날 아침이 주는 고요함 외에는 아무것도 존재

• 러시아 남부 변경 군영 지대에서 농사를 지으면서 군무에 종사하던 사람들. 말을 잘 탐.

하지 않았다. 훗날 에거는 그들 중에 누가 먼저 움직였는지 전혀 기억나지 않았지만, 어쨌든 러시아 병사가 경련을 일으키듯 몸을 뒤로 확 밀치자 에거는 자리에서 벌떡 일어났다. 러시아 병사는 소총 개머리판에서 손을 떼더니 소매로 이마를 문질렀다. 그런 다음 몸을 휙 돌리더니 일절 이쪽을 뒤돌아보지 않은 채 능숙하고 날렵한 솜씨로 몇 미터 가량을 올라가 바위 사이로 사라져 버렸다.

에거는 잠시 동안 그대로 서 있었고, 깊은 생각에 빠졌다. 철천지원수가 자기와 마주 보고 서 있었다는 사실을 깨달았지만, 러시아 병사가 사라진 뒤 고독은 이전보다도 훨씬 깊어졌다는 느낌이 들었다.

처음에는 협의한 대로 동료 병사 두 명이 며칠에 한 번씩 왔다. 그들은 비축 식량을 보급하러 방문했고, 필요한 경우에는 모직 양말 한 켤레나 새로운 착암기는 물론 전선에서 일어난 소식도 전해주었다(전세는 이리저리 요동쳤으며, 손실도 있었지만 이득도 있었다. 전반적으로 상황을 정확히 아는 사람은 없었다.). 그런데 몇 주가 지나자 동료 병사의 방문은 중단됐고 12월 말 무렵 ─ 에거는 착암기로 얼음판에 금을 새기는 방법으로 날짜를 계산했다. 이 계산에 따르면 12월 26일이 확실했다. ─ 그들이 더 이상 오지 않을지도 모른다는 의구심이 처음으로 들었다. 그로부터 한주가 지난 뒤에도 여전히 아무도 나타나지 않았고, 결국 1943년 1월 1일 에거는 눈보라가 빽빽하게 휘날리는 가운데 야영지로 귀환하기 위해 길을 나섰다. 그는 거의 두 달 전에 올라갔던 길을 따라 내려갔고, 얼마 지나지 않아 맞은편에서 친숙한 빨간색 하켄크로이츠가 희미하게 보이자 안도감이 들었다. 하지만 2초도 채 지나지 않아 자기 앞에 있는, 야영지 경계를 표시하려는 목적으로 땅바닥에 꽂은 것이 절대 하켄크로이츠 깃발이 아니라 러시아 소비에트 사회주의 공화국 국기라는 생각이 순간적이지만 또렷하게 들었다. 바로 이 순간 에거는 오로지 침착하게 기지를 발휘한 덕분에 목숨을 건졌다. 그는 침착하게 등에 맨 총을 떼어낸 다음 가능한 한 멀리 내던졌다. 에거는 소총이 둔중한 소리를 내며 눈 속으로 사라지는 광경을 보았고, 그러자마자 눈 깜짝할 사이에 자신을 향해 달려오는 보초병들의 고함 소리를 들었다. 에거는 두 손을 들고 무릎을 꿇었으며 머리를 숙였다. 목 부위를 얻어맞는 느낌이 들었고, 앞으로 쓰러졌다. 그의 몸 위로 러시아어로 뭐라고 하는 굵직한 목소리가 들렸다. 전혀 다른 세상에서 쓰는, 이해가 불가능한 소리처럼 들렸다.

이틀 동안 에거는 다른 포로 두 명과 함께 나무상자 안에 갇힌 채 쪼그려 앉아 있었다. 나무상자는 못을 엉성하게 박아 조립했고 펠트로 틈을 메웠다. 나무상자의 가로와 세로는 약 1.5미터였고 높이는 절대 1미터가 되지 않았다. 에거는 대부분의 시간을 갈라진 나무상자 틈으로 바깥을 내다보며 지냈고, 바깥에서 일어나는 움직임을 통해 러시아 군의 계획에 대한 암시는 물론 자기 자신의 미래에 대한 암시도 감지해내려 애썼다. 사흘 째 되던

날, 드디어 날카롭게 삐걱거리는 소리와 함께 나무에 박아놓았던 못이 뽑히더니 널빤지로 세운 벽 하나가 바깥쪽으로 떨어져 나갔다. 겨울 햇빛이 두 눈을 찌를 듯 너무나 눈부시게 다가와, 에거는 다시는 눈을 뜨지 못하게 되면 어떻게 하나 하는 두려움을 느꼈다. 물론 잠시 후 눈을 뜰 수 있었다. 하지만 찌르는 듯한 눈부심의 느낌, 심지어 밤에도 환한 빛으로 가득할 것만 같다는 느낌은 전쟁 포로 신세에서 벗어난 뒤에도 한동안 지속됐고, 에거가 고향으로 돌아온 뒤 몇 년이 지난 다음에야 비로소 사라졌다.

보로실로브그라드* 인근에 있는 야영지로 이송되는 데는 6일이 걸렸다. 에거는 포로 무리와 함께 화물차의 개방된 짐칸으로 떠밀려 들어갔다. 끔찍한 여정이었다. 으슬으슬 추운 낮과 얼음처럼 살을 에는 밤을 겪으며, 포화로 갈기갈기 찢어지는 어두운 하늘 아래에서, 광활한 설원 위에서 여정은 끝없이 이어졌다. 고랑에는 죽은 사람과 말의 뻣뻣하게 얼어붙은 사지가 튀어나와 있었다. 에거는 짐칸 뒤편 가장자리에 앉은 채 길 양편에 무수히 늘어선 나무 십자가를 보았다. 마리가 자주 읽어주던 싸구려 잡지가 떠올랐다. 잡지에 묘사된 겨울 풍경은 상처를 가득 입은, 얼음으로 뒤덮인 이 세상과는 닮은 점이 거의 없다고 생각했다.

어느 포로가 십자가는 절대 보기보다 슬프지는 않다고 말했다. 이 작고 땅딸막한 남자는 추위를 막기 위해 닳아 해진 말 담

• '루간스크'의 전 이름. 우크라이나 동쪽에 있는 도시.

요 조각을 머리에 뒤집어쓰고 있었다. 그는 십자가는 그저 하늘로 가는 지름길을 안내해주는 표지일 뿐이라고 했다. 이 남자의 이름은 헬무트 모이다슐이었다. 그는 평소에 잘 웃는 편이었다. 눈이 포로들의 얼굴을 때리는 광경을 보고도 웃었고, 식사 시간에 짐칸에 놓아둔 자루에서 쏟아져 나온, 벽돌처럼 딱딱한 빵을 보고도 웃음을 터뜨렸다. 그가 이 빵으로 집을 꽤 많이 지을 수 있겠다며 큰 소리로 웃는 바람에 러시아 감시병 두 명까지 덩달아 폭소를 터뜨렸다. 때때로 그는 늙은 여인들이 쓸 만한 옷이나 먹을 것을 찾기 위해 눈 덮인 시체를 뒤지는 광경을 보고 그들에게 손을 흔들었다. 그는 기왕 지옥으로 향하고 있다면, 악마와 함께 웃을 줄 알아야 한다고 했다. 돈도 전혀 들지 않는 데다 이렇게 해야 매사를 좀 더 수월하게 견딜 수 있다는 이야기였다.

헬무트 모이다슐은 에거가 보로실로브그라드에서 목격한 죽음의 긴 행렬의 첫머리를 장식했다. 그곳에 도착한 날 밤 그는 고열에 시달렸고, 수용소에서 이불 조각으로 억누른 채 그가 울부짖는 소리가 몇 시간이나 들렸다. 다음 날 아침 그는 시신으로 발견됐다. 그는 막사 한 구석에서 거의 벌거벗은 채 몸을 웅크리고 누워 있었고, 두 주먹으로 관자놀이를 누른 채 숨져 있었다.

몇 주가 지난 뒤 에거는 수용소 야영지 뒤편 자작나무 숲에 묻힌 사망자 수를 세는 일을 그만두고 말았다. 죽음은 빵에 곰팡이가 피듯, 삶에 자연스럽게 속해 있었다. 죽음은 열이었다. 죽음은 굶주림이었다. 죽음은 막사 벽에 생긴 틈이었다. 겨울바람이 휘파람 소리를 내며 들어오는 틈.

에거는 약 100명으로 구성된 노동 팀에 배정됐다. 그들은 숲이나 스텝 지대에서 일했고 나무를 베거나 벌판에서 막돌을 가져다 낮은 벽을 세우거나 감자 수확을 돕거나 간밤에 죽은 사람을 묻었다. 겨울이 되자 에거는 약 200명에 이르는 남자와 함께 막사에서 잤다. 기온이 허락하자마자 에거는 바깥에 나가 짚 더미에 누웠다. 어느 따뜻한 밤 누군가가 실수로 전깃불을 켜는 바람에 벌레 수천 마리가 천장에서 우수수 떨어진 이후로, 그는 밖에서 자는 것이 더 좋았다.

에거는 공동 화장실에서 전쟁이 끝났다는 소식을 들었다. 그는 오물통에 걸쳐놓은 널빤지 위에 앉아 있었고, 화장실에는 초록빛을 발하는 파리 떼가 붕붕거리고 있었다. 갑자기 문이 활짝 열리고 러시아 인이 머리를 들이밀더니 "히틀러가 망했다! 히틀러가 망했다!"라고 큰 소리로 외쳤다. 에거가 아무런 대꾸도 하지 않고 그냥 가만히 앉아 있자 러시아 인은 문을 쾅 닫고 폭소를 터뜨리며 가버렸다. 잠시 동안 바깥에서는 러시아 인의 희미한 웃음소리가 들렸지만, 곧이어 요란한 점호 사이렌이 그 소리를 덮어버렸다.

그로부터 3주도 채 지나지 않아 에거는 감시병이 보인 희열에 찬 반응과 이 때문에 피어난 희망을 도로 잊어버리고 말았다. 전쟁이 끝났다는 사실은 의심의 여지가 없었지만, 포로수용소

생활에서는 종전終戰으로 인한 효과를 전혀 실감하지 못했다. 예전과 똑같이 노동을 했고 기장을 끓인 수프는 오히려 예전보다도 묽어졌다. 또한 파리는 여전히 별다른 인상을 남기지 않고 변소의 들보 주변을 뱅뱅 날아다녔다. 더욱이 포로 상당수는 종전이 그저 일시적일 수도 있다고 믿었다. 그들은 히틀러가 망한 게 사실일지도 모르지만, 정신 상태가 뒤죽박죽인 녀석의 뒤에는 상태가 훨씬 심각한 또라이가 항상 대기하고 있기 마련이라, 결국 전면전이 다시 일어나는 것은 시간문제일 뿐이라고 반론을 펼쳤다.

이상할 정도로 따스한 어느 겨울밤, 에거는 이불을 뒤집어쓴 채 막사 앞에 앉아 세상을 떠나고 없는 아내 마리에게 편지를 썼다. 그는 화재로 다 타버린 마을에서 청소 작업을 하다가 거의 손상되지 않은 종이와 몽당연필을 발견했다. 에거는 크고 삐뚤빼뚤한 글씨로 느릿느릿 썼다.

사랑하는 마리에게

러시아에서 이 편지를 쓰고 있어. 이곳은 지내기에 그리 나쁘지는 않아. 일도 있고 먹을 것도 있으니까. 게다가 산이라고는 전혀 없어서, 하늘이 너무나 넓게 트여 두 눈에 다 들어오지 못할 정도야. 다만 추위를 견뎌야 하는 게 나쁘긴 하지. 이곳 추위는 고향의 추위와는 사뭇 달라. 등유가 한 통이라도 있으면 정말 좋겠어. 옛날에는 참 많이 가지고 있었는데 말이야.

그래도 불평하고 싶지는 않아. 내가 밤하늘의 별을 바라볼 시간에, 눈 속에서 추위에 떨며 몸이 뻣뻣해진 채 누워 있는 사람도 많으니까. 아마 당신도 별을 바라보고 있겠지. 안타깝지만 여기까지 써야 할 것 같아. 편지를 천천히 쓴다고 썼는데, 벌써 언덕 뒤편으로 날이 밝기 시작하는군.

당신의 남편 에거

에거는 편지를 최대한 조그맣게 접어 발아래 땅에 묻었다. 그런 다음 이불을 집어들고 막사로 발걸음을 돌렸다.

그로부터 거의 6년이 더 흐른 뒤에야, 러시아에서의 에거의 삶은 끝을 맺게 됐다. 포로를 석방한다는 사전 예고는 일체 없었지만, 1951년 여름 어느 날 이른 아침에 포로들은 막사 앞 광장에 한데 모였다. 그곳에서 포로들은 입던 옷을 전부 벗고 벌거숭이가 되었다. 내던져진 옷은 쌓이고 쌓여, 악취가 진동하는 커다란 무더기가 됐다. 옷 무더기에 휘발유를 뿌리고 불을 붙였다. 그리고 포로들이 불꽃을 응시하는 동안, 그들의 얼굴에는 즉결 총살을 당하는 것이 아닐까, 아니면 이보다 훨씬 나쁜 일을 겪지 않을까 하는 불안이 어렸다. 하지만 러시아 인들이 웃음을 터뜨렸고,

여러 명이 동시에 이야기를 퍼부었다. 그리고 그들 중 한 명이 어느 포로의 어깨를 붙잡더니 자기 쪽으로 끌어당겨, 이 유령처럼 여윈 벌거벗은 남자와 함께 불꽃 주위를 돌며 우스꽝스러운 커플 댄스를 추기 시작했다. 포로들은 이 광경을 보며 오늘 아침은 상당히 좋은 아침이 되겠다는 예감이 어렴풋이 들었다.

포로들은 새 옷과 큼직한 빵 조각을 지급받자마자 야영지를 떠났고, 행렬을 이루어 가장 가까운 기차역으로 향했다. 에거는 점점 밀려나 뒷줄까지 갔다. 바로 앞에는 젊은 남자 한 명이 있었는데, 그의 눈은 크고 항상 무언가에 놀란 듯했다. 이 청년은 역으로 출발하자마자 보급받은 빵을 게걸스럽게 먹어치웠다. 그는 마지막 남은 빵 조각까지 다 삼키고는 다시 몸을 돌려 이미 몇 킬로미터나 멀찌감치 떨어진 야영지로 눈길을 던졌다. 가물거리는 햇빛 때문에 야영지는 거의 보이지 않았다. 그는 히죽히죽 웃더니 입을 열어 무언가를 말하려 했다. 하지만 목이 메어 몇 마디 내뱉지도 못하고 흐느껴 울기 시작했다. 청년은 격하게 울부짖었다. 눈물과 콧물이 뒤섞인 기다란 줄무늬가 더러운 뺨에 흔적을 남겼다. 노인 한 명이 청년에게 다가왔다. 하얀 머리털이 길게 자라고 얼굴에는 긁힌 상처가 난 그 노인은, 청년의 양쪽 어깨에 팔을 얹고 제발 소리 좀 그만 지르라고 했다. 첫 번째 이유로 그렇게 울어보았자 자신의 셔츠 깃이 흠뻑 젖는 결과밖에 나오는 게 없다는 것이었고, 두 번째 이유로 그렇게 울부짖는 행동은 말이 걸리는 열병이라든지 선鼠페스트처럼 전염성이 강한데, 자기는 몇천 킬로미터나 되는 귀향길을 질질 짜는 수다쟁이들에게 둘러싸여 가고 싶은 마음이 전혀 없다는 것이었다. 게다가 집에 도착할 때까지 눈물을 아껴두는 것이 훨씬 분별 있는 행동이라고 했다. 어차피 고향에 도착하면 울부짖을 이유가 차고 넘칠 것이기 때문이라는 것이었다. 젊은 남자는 울음을 그쳤고, 두어 발짝 뒤에서 걷던 에거는 그 청년이 눈물은 물론 마지막 남은 빵 부스러기도 삼키는 건조한 소리를 들었다.

* * *

고향으로 돌아온 에거는 처음에는 새로 지은 학교 뒤편에 마련된 판자 칸막이 방에서 살았다. 판자 칸막이 방은 시장의 호의를 바탕으로, 지방 당국이 에거에게 양도한 것이었다. 시장은 이제 더 이상 나치가 아니었고, 창문 앞에는 하켄크로이츠 종이 깃발 대신 제라늄이 다시 걸려 있었다. 그 밖에도 마을은 아주 많이 변해 있었다. 거리는 예전보다 훨씬 넓어졌다. 날마다 수차례씩, 심지어 종종 짧은 간격으로 자동차가 부르릉 소리를 내며 지나갔다. 악취를 풍기고 연기를 내뿜는 늙은 괴물 같은 디젤 화물차는 점점 보기 드물어졌다. 온갖 색채로 빛나는 자동차들이 골짜기 어귀를 지나 쌩쌩 달렸고, 소풍객, 도보여행자, 스키 타러 온 사람들이 마을 광장에 침을 내뱉었다. 많은 농부들이 손님들에게 묵을 방을 임대했고 대부분의 외양간에서 닭과 돼지는 자취를 감추었다. 그 대신 이제는 스키와 스키 스틱이 우리에 세워져 있었고 닭똥과 돼지 두엄 냄새 대신 왁스 향이 풍겨나왔다. 황금 영양도 경쟁자가 생겼다. 황금 영양 주인은 최근 '미터호퍼 가스트하우스'에 대해 날마다 거듭 화를 냈다. 황금 영양 맞은편에 들어선 그 여관 건물의 정면은 담녹색 석회 도료가 칠해져 있었고, 입구 위에는 환영의 인사말을 적어놓은 표지판이 휘황찬란하게 장식되어 있었다. 황금 영양 주인은 늙은 미터호퍼를 증오했다. 그는 암소를 키우던 농부가 어느 날 갑자기 두엄 치던 쇠스랑을 구석에 던져버리고 이제는 소 대신 관광객에게 숙소를 제공하겠다는 생각을 어떻게 떠올릴 수 있는지 도무지 이해가 되지 않았다. "농부는 농부이지 절대 여관 주인이 될 수는 없다고!" 그는 이렇게 말했다. 하지만 경쟁이 장사에 손해를 끼치지는 않을 뿐만 아니라 오히려 정반대로 활력을 불어넣기까지 한다는 사실을 남몰래 인정할 수밖에 없었다. 그는 1960년대 후반에 정신 나간 노인이 되어 세상을 떠나면서 황금 영양 외에도 여관 세 곳, 수 헥타르의 토지, 예전 로이돌트 농장의 외양간 아래쪽에 지은 볼링장, 체어리프트* 구간 두 곳의 지분을 외동딸에게 유산으로 남겼다. 이 유산 덕분에 성격이 고집불통인 노처녀 딸은 마흔 살을 훨씬 넘긴 나이에도 불구하고 느닷없이 골짜기에서 가장 인기 있는 신랑감을 차지할 수 있

• 스키장에서 슬로프 위로 사람을 실어나르는 의자식의 탈것.

었다.

에거는 이 모든 변화를 놀랍지만 담담하게 받아들였다. 밤이 되면 그는 저 멀리 경사면 — 이제는 슬로프라고 불렸다. — 을 따라 세운 금속 버팀대가 삐걱거리는 소리를 들었다. 아침이 되면 에거는 종종 침대 머리맡 벽 뒤편에서 학생들이 떠드는 소리에 잠에서 깨어났다. 이 떠드는 소리는 교사가 교실에 들어서자마자 갑자기 멈추었다. 에거는 어린 시절이 떠올랐다. 몇 년밖에 다니지 못한 학창 시절도 기억났다. 어린 시절 에거는 그 시절이 자신 앞에 끝없이 펼쳐져 있는 것만 같았다. 하지만 지금은 눈 깜박하는 사이에 지나갔다는 생각이 들었다. 대체로 시간이 그를 혼란스럽게 만들었다. 과거는 여기저기에서 구부러져 있는 것 같았고, 모든 사건의 경과는 기억 속에서 뒤죽박죽이 되거나, 아니면 독특한 방식으로 거듭 새로운 형태를 이루고 다시 의미를 부여하는 것 같았다. 에거가 러시아에 머물렀던 시간은 마리와 함께 지낸 시간보다 훨씬 길었지만, 코카서스와 보로실로브그라드에서 보낸 세월은 그녀와의 마지막 날보다는 그리 길지 않았던 것처럼 느껴졌다. 돌이켜보면 케이블카 건설 현장에서 보낸 시간의 길이는 한 계절 정도로 축소되는 것 같았다. 이에 비해 황소 멍에에 매달려 작고 하얀 엉덩이를 저녁 하늘을 향해 내민 채 땅을 내려다보며 보낸 시간은 반평생이나 되는 듯한 느낌이 들었다.

—

고향에 돌아오고 몇 주가 지난 뒤 에거는 늙은 크란츠슈토커를 우연히 만났다. 크란츠슈토커는 자신의 농장 앞에서 덜그럭거리는 착용용 보조 의자에 앉아 있었고, 에거는 그 앞을 지나가다가 그에게 인사했다. 크란츠슈토커는 천천히 머리를 들었고, 에거를 알아보는 데 시간이 조금 걸렸다. "네놈이구먼." 그는 쉰 목소리로 말했다. "하필이면 네놈이야!" 에거는 멈춰선 채 노인을 눈여겨보았다. 크란츠슈토커는 맥없이 고꾸라지듯 앉아 노란 눈으로 그를 쳐다보았다. 두 손은 무릎에 놓여 있었고 불쏘시개처럼 앙상했다. 입은 반쯤 열려 있었고 이가 하나도 없어 보였다. 에거는 크란츠슈토커의 아들 두 명이 전쟁에 나가 돌아오지 않았고, 이 때문에 크란츠슈토커가 식료품 저장실 문틀에 목을 매달아 죽으려 했다는 소문을 들은 적이 있다. 나무가 크란츠슈토커의 몸무게를 버텨내지 못하고 부러지는 바람에 그는 살아남았다. 그때부터 이 늙은 농부는 죽음을 향한 열망을 품고 여생을 보냈다. 그는 죽음이 구석구석마다 웅크리고 있는 것을 보았고, 저녁이 되면 어둠과 함께 영원한 안식이 그에게로 내려올 것이라고 확신했다. 하지만 다음 날이 되면 그는 매번 다시 잠에서 깨어났다. 날이 갈수록 병약해졌고, 부루퉁해졌으며, 그 어느 때보다도 죽음에 대한 열망에 잠식되어갔다.

"이리 좀 와봐라." 크란츠슈토커는 이렇게 말하고는 닭처럼 머리를 앞으로 내밀었다. "네놈이 어떻게 생겼는지 보자고!" 에거는 그를 향해 한 발짝 다가갔다. 노인의 뺨은 움푹 들어갔고,

예전에는 눈부실 정도로 까맣던 머리카락은 하얗고 가늘어져 거미줄처럼 머리에 매달려 있었다. "머지않아 내게 종말이 오겠지. 죽음은 누구도 그냥 지나치지 않아." 그는 말했다. "날마다 죽음이 모퉁이를 돌아 다가오는 소리가 들려. 하지만 매번 이웃집 소 아니면 개, 아니면 이쪽으로 살금살금 걸어오는 어떤 영혼의 그림자일 뿐이야!" 에거는 뿌리가 박힌 듯 꼼짝 않고 서 있었다. 잠깐 동안 다시 어린아이가 된 듯한 느낌이 들었고, 이 노인이 자리에서 벌떡 일어나 산처럼 우뚝 솟으면 어쩌나 두려웠다. "그런데 오늘은 바로 네놈이군." 농부는 계속 말했다. "너 같은 놈이 모퉁이를 돌아서 오고 나면, 다른 사람은 더 이상 어디에서도 나타나지 않아. 그러니까 공평한 거야. 예전에 나는 크란츠슈토커였지만, 지금 내 꼬락서니가 어떻게 됐는지 보라고. 썩은 뼈가 무더기로 쌓여 있는 꼴이지. 바로 이 무더기 속에는 너무나 많은 삶이 박혀 있어서 절대 그 자리에서 먼지로 바스러지지는 않아. 나는 평생 동안 꼿꼿하게 걸었고, 오로지 하느님에게만 등을 굽혔지. 하느님 말고 다른 이에게 굽실거린 적은 없어. 그런데 하느님은 내게 어떤 식으로 보답했는지 알아? 내 아들 둘을 데려가버리는 식으로, 내 몸의 살과 피를 갈기갈기 찢어버리는 식으로 보답했다고. 그리고 이 돼지 같은 새끼는 아직도 만족하지 못해서, 나 같은 늙은 농부에게서 아직 삶의 마지막 한 방울까지 몽땅 짜내지 않았기 때문에, 내게 날마다 이른 아침부터 늦은 밤까지 농장 앞에 앉아 죽음을 기다리게 하고 있지. 죽지도 못하고 말이야. 그래서 지금 엉덩이가 부르트도록 앉아 있지만, 모퉁이를 돌아서 오는 것들이라곤 소 두어 마리, 그림자 두어 개, 그리고 네 녀석뿐이야. 하필이면 네놈이라고!"

크란츠슈토커는 두 손을, 앙상하고 반점투성이인 손가락을 내려다보았다. 그는 낮게 그르렁 소리를 내며 힘겨운 숨을 내쉬었다. 그러고는 갑자기 머리를 들었다. 동시에 무릎에 놓여 있던 한쪽 손을 재빠르게 뻗어 에거의 아래팔을 붙잡았다.

"지금 할 수 있어!" 크란츠슈토커는 격앙되어 떨리는 목소리로 소리쳤다. "이제 날 때릴 수 있다고! 날 때리라고. 알아듣겠지? 날 때려다오. 부탁한다! 제발 내가 죽을 때까지 날 때려다오!" 에거는 노인의 손가락이 자신의 팔을 움켜쥐는 느낌이 들었고, 얼음처럼 차가운 공포를 심장 속 깊이 느꼈다. 그는 손을 뿌리치고 한 걸음 뒤로 물러섰다. 크란츠슈토커는 손을 떨어뜨리고는 시선을 다시 땅바닥으로 향한 채 아무 말 없이 앉아 있기만 했다. 에거는 몸을 돌려 발걸음을 옮겼다.

마을 바로 뒤편까지 나 있는 거리를 따라 걸으며, 에거는 배가 텅 빈 듯한 느낌이 들었다. 마음속 깊이 저 늙은 농부가 안됐다는 생각이 들었다. 에거는 착유용 보조 의자를 떠올렸다. 크란츠슈토커가 제대로 된 의자에 앉아 따뜻한 담요를 덮고 있기를, 동시에 죽음을 맞이하기를 소망했다. 그는 고지대로 이어지는 좁은 비탈길을 계속 걸어올라가 피힐러젠케* 정상에 이르렀다. 이곳의 땅바닥은 부드러웠고 풀은 어두운 색깔을 띠며 길이가 짧았다. 물방울이 풀잎 끝에서 떨고 있었다. 목초지 전체가 물방울 때문에 반짝거렸다. 유리구슬을 가득 뿌려놓은 듯했다. 에거는 이 작디작은, 떨고 있는 물방울이 놀라웠다. 물방울은 이토록 끈질기게 풀잎 끝에 매달려 있지만, 언젠가는 아래로 떨어져 땅바닥을 흐르다가 사라지거나 공기 중으로 증발되어 아무것도 남지 않을 것이다.

크란츠슈토커는 그로부터 상당한 세월이 지난 뒤에야 삶으로부터 해방됐다. 1960년대 말 어느 가을날, 그는 조그마한 방에 마치 그림자처럼 앉아 라디오를 듣고 있었다. 그는 라디오에서 나오는 말이 도무지 무슨 뜻인지 알아들을 수 없어서, 상체를 탁자 위로 굽혀 왼쪽 귀를 스피커에 바짝 댔다. 라디오 스피커에서 취주악 콘서트를 알리는 방송이 나오자, 그는 갑자기 소리를 지르며 주먹으로 가슴을 여러 번 치다가 결국 미끄러지고 말았다. 크란츠슈토커는 금관 악기 음악의 리듬을 배경 음악 삼아 몸이 뻣뻣해진 채, 의자에서 죽음을 맞이했다.

장례식이 진행되는 동안 양동이로 들이붓듯 비가 억수같이 쏟아졌고, 장례 행렬은 진흙이 범람해 복사뼈 깊이까지 빠지는

• 젠케는 '산간 분지盆地'를 일컫는 말임.

거리에서 천천히 나갈 수밖에 없었다. 장례식 당시 예순 살을 훌쩍 넘긴 에거는 맨 뒷줄에서 행렬을 따라갔다. 그는 평생 동안 자신의 행복을 밀어내며 살았던 농부를 생각했다. 장례 행렬이 세찬 비를 맞으며 예전에는 아흐만들 농장이었던 작은 여관을 지나가는데, 어린아이의 이상할 정도로 맑은 커다란 웃음소리가 튀어나왔다. 여관 창문 하나가 약간 열려 있었다. 창에는 밝은 빛이 가물거렸다. 방에는 여관 주인의 어린 아들이 엄청나게 큰 텔레비전 수상기 앞에 앉아 얼굴을 화면에 바짝 갖다 대고 있었다. 아이의 이마 위에 텔레비전 영상이 반사되어 깜빡거렸다. 아이는 한쪽 손으로 안테나를 꽉 붙들고 있었고, 웃음을 터뜨리며 다른 손으로 허벅지를 쳐댔다. 아이가 너무 크게 웃음을 터뜨려서, 에거는 비의 장막이 드리워진 상황에서도 텔레비전 화면 여기저기에 튀어 반짝이는 침방울을 또렷하게 알아볼 수 있을 정도였다. 에거는 제자리에 서서 이마를 창문에 기대고 아이와 함께 웃음을 터뜨리고 싶은 욕망을 느꼈다. 하지만 장례 행렬은 음울한 분위기를 발산하며 아무 말 없이 계속 움직이고 있었다. 에거는 자기 앞에 있는 문상객들의 치켜올라간 어깨를 바라보았다. 폭이 좁은 개울을 흐르는 물처럼 빗물이 그들의 어깨 아래로 흐르고 있었다. 장례 행렬 맨 앞에 있는 운구차는 황혼이 시작될 무렵 떠 있는 배처럼 흔들거렸다. 이와 동시에 행렬 뒤편에서 울려퍼지던 아이의 웃음소리는 점차 약해졌다.

—

에거는 일생 동안 텔레비전 수상기를 한 번도 산 적이 없었다. 물론 장만하면 어떨까 고려는 많이 했지만. 대개는 돈이 없었거나 텔레비전을 놓을 장소 또는 시청할 시간이 없었기 때문에 사지 않았다. 대체로 에거는 어차피 그런 종류의 투자를 하기 위해 필요한 모든 전제 조건이 자신에게는 갖추어져 있지 않은 것 같다고 여겼다. 예를 들어 다른 사람들은 대부분 텔레비전 화면의 가물거리는 빛을 몇 시간 동안 응시할 수 있지만, 에거는 그런 끈기가 좀처럼 생기지 않았다. 텔레비전 때문에 결국 시력이 흐려지고 뇌가 물렁해질 수 있다고 남몰래 믿어 의심치 않았다. 하지만 텔레비전은 에거에게 두 번의 인상적인 순간을 선사했다. 에거는 훗날 그 순간을 기억 깊은 곳에서 거듭 꺼내어 회상하며 유쾌한 놀라움을 느꼈다. 그중 첫 번째 순간은 어느 날 저녁 황금 영양의 별실에서 체험했다. 얼마 전 황금 영양은 임페리얼 상표의 신제품 텔레비전 수상기를 들여놓았다. 에거는 몇 달 동안 여관에 들르거나 묵은 적이 전혀 없었기 때문에, 황금 영양에 들어섰을 때 식당 손님들이 수군거리는 일상적인 소리 대신, 무언가 금속성으로 낮게 칙칙거리는 음향이 깔린 텔레비전 소리가 울려퍼지자 깜짝 놀랐다. 에거는 뒤쪽으로 갔고, 그곳에는 7~8명의 사람들이 탁자에 흩어져 앉아 옷장 크기만 한 텔레비전 수상기를 넋을 잃은 채 쳐다보고 있었다. 에거는 난생처음 아주 가까이에서 텔레비전 영상을 보았다. 영상은 아주 당연하다는 듯 에거의 눈앞에서 마법을 부리듯 움직였고, 여태껏 티끌만큼도 상상해본 적이 없는 세상을 황금 영양의 숨 막힐 듯 텁텁한 공기로 가득 찬 별실에 옮겨놓았다. 에거는 폭이 좁고 높이 솟아오른 집들을 보았다. 그 집의 지붕은 거꾸로 뒤집힌 고드름처럼 하늘로 우뚝 솟아 있었다. 창밖으로 뿌린 종잇조각이 눈송이처럼 흩날렸고, 거리에 있던 사람들은 웃고 소리 지르며 모자를 허공에 던졌다. 그들은 전반적으로 미칠 듯이 기뻐 보였다. 에거가 이 모든 장면을 미처 파악하기도 전에, 화면의 영상은 소리 없이 폭발하듯 산산조각 났다. 하지만 1초도 지나지 않아 완전히 새로운 장면으로 다시 연결됐다. 나무벤치 몇 곳에 반팔 셔츠와 노동자용 작업복을 입은 남자들이 앉아 있었다. 그들은 피부가 거무스름한, 열 살쯤 되어 보이는 소녀를 주시하고 있었다. 소녀는 우리 안에서 무릎을 꿇은 채, 자기 앞에서 사지를 쭉 뻗고 있는 사자의 갈기를 쓰다듬었다. 사자가 하품을 하자, 입안에 가느다란 선처럼 생긴 침이 여기저기 길게 늘어져 있는 장면이 보였다. 관중은 박수를 보냈고, 소녀는 사자의 몸에 바싹 달라붙었다. 소녀는 잠깐 동안 사자 갈기 속으로 사라진 것처럼 보였다. 에거는 웃음을 터뜨렸다. 다른 사람과 함께 텔레비전 수상기 앞에 있을 때는 어떻게 행동해야 할지 몰랐기 때문에, 당황해서 그런 행동을 한 것이다. 에거는 자신의 무지가 부끄러웠다. 마치 자기로서는 도무지 이해할 수 없는 계획을 시도하는 어른들을 그저 구경만 하고 있는 어린아이나 다름없다는 생각이 들었다. 어찌됐든 모든 것은 흥미로웠지만, 그중 에거와 개인적으로 관련 있는 것은 아무것도 없었다.

　그러나 에거는 텔레비전에서 마음속 깊은 곳을 건드리는 무언가를 보았다. 어느 젊은 여성이 비행기에서 내렸다. 활주로로 향하는 좁은 계단을 걸어 내려가는 이 여성은 예사롭지 않았다. 에거가 일생 동안 본 존재 중 가장 아름다운 존재였다. 그녀의 이름은 그레이스 켈리●였다. 에거의 귀에는 낯설고 아주 굉장한 것처럼 들리는 이름이었다. 하지만 동시에 그녀의 모습에 어울리는 유일한 이름처럼 여겨지기도 했다. 길이가 짧은 외투를 입은 그녀는 비행장에 빽빽하게 모인 군중에게 손을 흔들었다. 기자 몇 명이 허겁지겁 달려와 숨 돌릴 틈 없이 질문을 퍼부었다. 그레이스 켈리가 그 질문에 대답하는 동안 그녀의 금빛 머리카락 위로, 가늘고 매끄러운 목 위로 햇빛이 흘러내렸다. 에거는 이 머리카락과 목이 그저 환상이 아니라, 이 세상 어디엔가 그녀의 머리카락과 목을 손가락으로 건드리거나 심지어 두 손으로 쓰다듬는 사람이 실제로 존재할지도 모른다는 생각에 전율했다. 그레이스 켈리는 또 한 번 손을 흔들면서, 입을 활짝 벌려 웃음 지었다. 그녀의 입속은 어두웠다. 에거는 벌떡 일어나 여관을 나왔다. 마을 거리를 정처 없이 이리저리 떠돌다가, 결국 성당 입구 계단에 앉았다. 에거는 무수한 죄인이 여러 세대에 걸쳐 오가느라 평평해진 땅바닥을 쳐다보았고, 심장이 다시 진정될 때까지 기다렸다.

● 미국 출신의 영화배우이자 모나코의 왕비.

그레이스 켈리의 미소와 그녀의 두 눈에 드리워져 있는 슬픔은 에거의 영혼을 헤집어놓았다. 그는 마음속에서 무슨 일이 일어나는지 전혀 이해하지 못했다. 에거는 오래도록 앉아 있었다. 그러다가 어둠이 들이닥친 뒤에야 지금 이곳이 얼마나 추운지 깨닫고, 집으로 향하기 시작했다.

그때가 1950년대 말이었다. 그로부터 한참 지난 1969년 여름에, 에거는 비록 완전히 다른 방식이기는 하지만, 또 한 번 텔레비전과 관련된 인상적인 경험을 하게 됐다. 그 시기에 텔레비전은 대부분의 가정에서 저녁 시간에 가족을 한데 모으는 구심점 역할을 했다. 에거는 이번에는 거의 150명에 이르는 마을 주민들과 함께 새로 지은 교구 회관 강당에 앉아, 미국인 젊은이 두 명이 최초로 달에 발을 내딛는 광경을 시청했다. 중계방송이 거의 끝날 때까지 강당에는 긴장으로 가득한 침묵이 흐르다가, 닐 암스트롱이 먼지투성이인 달 표면에 발을 내딛자마자 모두 환호성을 올렸다. 적어도 몇 초 동안, 농부들은 무거운 어깨에서 짐을 내려놓은 것 같았다. 이후 어른에게는 공짜 맥주가, 어린이에게는 주스와 도넛이 제공됐고, 교구위원회 위원이 이런 기적을 가능하게 만들고 아마도 인류를 이러이러한 좋은 방향으로 이끌 엄청난 노력을 기리는 짧은 연설을 했다. 에거는 다른 사람들이 박수갈채를 보낼 때 함께 손뼉을 쳤다. 앞에 놓인 텔레비전 수상기에서 미국인 우주비행사가 유령 같은 모습으로 여전히 움직이고 있었다. 바로 이 순간, 그들은 이해할 수 없게도 머리 높이 위에 둥둥 떠서 달 표면을 가로지르며 유영하고 있었다. 에거는 이 장면을 보며 여기 지구에 사는, 갓 바른 모르타르 냄새를 여전히 풍기는 교구 회관의 어두운 강당에 모인 마을 주민들이 은밀한 방식으로 서로 밀접하게 이어져 있다는 느낌이 들었다.

러시아에서 고향으로 돌아온 바로 그날, 에거는 비터만 운트 죄네 회사 야영지를 향해 길을 떠났다. 누군가에게 미리 물어보았더라면, 그곳에 가느라 헛된 고생을 하지 않았을 것이다. 막사는 사라지고 없었다. 야영지는 철거됐다. 여기저기 보이는 콘크리트 잔해라든지 그 위에 있는 목재 대들보가 잡초로 무성하게 뒤덮여 있어 예전에 이곳에서 사람들이 일하며 살았다는 사실을 말해줄 뿐이었다. 총지배인이 책상 뒤편에 앉아 있던 바로 그 장소에는 이제 조그마한 흰 꽃들이 피어 있었다.

　　마을로 돌아온 에거는 이 회사가 전쟁이 끝나자마자 파산했다는 사실을 알게 됐다. 이미 종전 1년 전에 마지막으로 남아 있던 노동자들이 철수했다. 당시 회사는 조국의 필사적인 부름에 따라 강철 기둥과 더블 케이블 윈치 생산에서 무기 생산으로 방향을 전환했기 때문이다. 회사 대표인 늙은 비터만은 열렬한 애국자로, 제1차 세계대전 때 아래팔과 오른쪽 광대뼈 조각을 서부 전선 참호에 남겨두고 왔다. 그는 특히 카빈총 총열과 돌격포 포탄 이음쇠 제조에 몰두했다. 이음쇠는 제대로 생산됐지만 탄창 일부가 고열에서 휘어졌고, 이로 인해 전선에서 끔찍한 사고가 몇 차례 일어났다. 결국 늙은 비터만은 독일이 패전한 데 대해 자신에게도 결코 가볍지 않은 책임이 있다고 확신하기에 이르렀다. 그는 자택 뒤편에 있는 삼림 지대에서, 만약의 경우를 대비해 자기 회사 제품 대신 아버지가 물려준 오래된 엽총으로 자살했다. 산지기가 울창한 야생 사과나무 아래에서 비터만의 시신을 발견했을 때, 탄환으로 산산조각 난 두개골 안에는 '1917년 11월 23일'이라는 날짜가 새겨진 금속판이 반짝거렸다.

케이블카는 이제 다른 회사에서 생산하고 운영하고 있었지만, 에거는 일자리를 얻으러 들른 곳마다 퇴짜를 맞았다. 그는 더 이상 그 일에 적합한 사람이 절대 아니라는 것이다. 전쟁이 일어나고 몇 년 동안 낡은 작업 절차를 완전히 뒤집어엎었기 때문에, 현대 교통공학의 세계에서는 유감스럽게도 에거와 같은 이를 위한 일자리가 더 이상 없다는 이야기였다.

저녁이 되면 에거는 침대 가장자리에 앉아 두 손을 유심히 들여다보았다. 무릎 위에 놓인 그의 손은 습지의 흙처럼 거칠고 어두운 빛을 띠었다. 살갗은 짐승의 가죽처럼 딱딱하고 질겼으며 주름투성이였다. 바위와 숲에서 보낸 수많은 세월은 여기저기에 흉터를 남겼고, 에거는 흉터 하나하나에 얽힌 불행한 사고, 노력, 또는 성공에 대한 사연을 떠올려 이야기할 수 있었다. 눈 속에 파묻힌 마리를 파냈던 그날 밤 이후, 에거의 손톱은 잘 갈라지고 가장자리 살로 파고들었다. 한쪽 엄지손가락 손톱은 거무스름했고, 손톱 중앙 부분은 조금 움푹 들어갔다. 에거는 두 손을 얼굴

가까이로 올리고는 손등 피부를 관찰했다. 많은 부위가 마치 구겨진 아마포처럼 보였다. 손가락 끝에 박인 굳은살과 툭 불거진 손가락 마디를 들여다보았다. 갈라진 틈과 주름살에는 더러운 것이 끼여 있었다. 말에게 사용하는 솔이나 염석^{鹽析} 비누로도 닦아낼 수 없었다. 에거는 피부 속 혈관이 어떻게 생겼는지 살펴보았다. 두 손을 들어 창문을 통해 들어오는 어스름한 빛에 비추자, 두 손이 아주 가볍게 떨리는 것을 볼 수 있었다. 다름 아닌 늙은 남자의 손이었다. 에거는 두 손을 내려뜨렸다.

에거는 한동안 국가가 전쟁터에서 귀환한 군인에게 지급하는 제대 수당으로 생활했다. 하지만 이 돈으로는 꼭 필요한 물건만 겨우 살 수 있었기 때문에, 어쩔 수 없이 예전 젊은 시절처럼 임시직도 가능하다면 무엇이든 마다하지 않고 찾아야 했다. 예전처럼 에거는 지하 창고와 건초 더미를 이리저리 기어다녔고, 감자 포대를 옮겼고, 밭에서 힘겹게 일하거나 아직 남아 있는 소 외양간과 돼지우리를 청소했다. 여전히 나이 어린 동료들과 함께 일했고, 수많은 나날을 높이가 3미터나 되는 건초 더미를 등에 지고 가파른 목초지를 비틀거리며 천천히 내려갔다. 그러나 저녁이 되면 에거는 침대에 몸을 던지며 내일 아침에는 절대 다시 스스로의 힘으로 잠자리에서 일어나지 못할 것이라고 확신했다. 삐뚤어진 다리의 무릎 주변은 점차 감각이 마비되어갔고, 머리를 고작 1센티미터만 옆으로 돌려도 목 뒤에 찌르는 듯한 통증이 느껴졌고, 그 통증이 불붙은 실처럼 손가락 끝 부분까지 돌진하는 듯한 느낌이었다. 그래서 에거는 등을 침대에 반듯이 대고 누운 채 티끌만큼도 움직이지 않은 상태에서 잠을 청해야 했다.

1957년 어느 여름날 아침, 에거는 해가 뜨기 훨씬 전에 침대에서 기어나와 밖으로 나갔다. 통증 때문에 잠에서 깨어났고, 서늘한 밤공기 속에서 움직이는 것이 몸에 좋았다. 그는 공동 목초지로 가서 달빛 아래 부드럽게 휘어진 가이센슈타이크*를 따라 걸었고, 잠자는 짐승의 등처럼 솟아오른 두 개의 바위 주위를 빙돌았다. 그리고 거의 1시간 동안 점차 사람의 통행이 힘들어지는 지형을 오른 끝에, 클루프터슈피체 아래쪽에 있는 암석층 사이에 이르렀다. 그러는 사이 날이 밝아왔고, 멀리서 눈 덮인 산봉우리가 하얗게 빛나기 시작했다. 에거는 찢어진 가죽 신발 바닥 부위를 접이식 칼로 잘라내기 위해 제자리에 앉으려고 했다. 바로 그때 바위 뒤편에서 노인 한 명이 불쑥 나타나 두 팔을 활짝 벌린 채 그에게 다가왔다.

"친애하는, 친애하는 선생님! 헌데 선생님은 정말 사람 맞지요?"
노인은 소리쳤다.

"그런 것 같은데요."

에거는 이렇게 대답했고, 두 번째 인물인 노부인이 발이 무언가에 걸린 듯 비틀거리며 바위 뒤에서 앞으로 나오는 광경을 보

---

* '암염소가 지나다니는 오솔길'이라는 의미임.

았다. 두 사람은 불쌍한 몰골이었고 혼란에 빠진 듯 보였으며, 극심한 피로와 추위로 몸을 떨고 있었다.

노인은 에거를 향해 돌진하려다가, 그의 손에 들린 칼을 보고 멈춰섰다.

"저희를 죽이려는 건 아니지요?"

노인은 깜짝 놀라 물었다.

"하늘에 계신 우리 아버지, 저희에게 자비를 베푸소서."

노인 뒤에 있던 노부인이 웅얼거렸다.

에거는 아무 말 없이 칼을 집어넣고는 노부부의 얼굴을 바라보았다. 그들은 눈을 휘둥그렇게 뜬 채 에거를 응시했다.

"친애하는 선생님."

늙은 남자는 아까 한 말을 반복했다. 당장 눈물을 쏟을 것처럼 보였다.

"저희는 밤새도록 이 지역 여기저기를 헤매고 돌아다녔는데요, 돌 말고는 아무것도 없습니다!"

노인이 말했다.

"돌 말고는 아무것도 없어요!"

노부인이 맞장구쳤다.

"돌이 하늘의 별보다 훨씬 많아요!"

"하늘에 계신 하느님이시여, 저희에게 자비를 베푸소서."

"길을 잃어버렸어요."

"어디를 둘러보아도, 어두컴컴하고 추운 밤뿐이에요!"

"게다가 돌뿐이고요!"

노인은 이렇게 말했다. 이제 실제로 눈물이 차례로 떨어져, 뺨과 목으로 흘러내렸다. 그의 아내는 간절한 눈빛으로 에거를 쳐다보았다.

"이러다가 제 남편이 죽을 수도 있어요."

"저희는 로스코비치스라고 합니다. 결혼한 지 48년이 되었지요. 거의 반세기가 됐어요. 그렇다 보니 서로 무엇을 가졌는지, 서로 무슨 생각을 하는지 잘 알지요. 무슨 말인지 아시겠습니까, 선생님?"

노인이 말했다.

"잘 모르겠어요. 그뿐만 아니라 저는 '선생님'이 아닙니다. 그건 그렇고, 원하신다면 지금 아래로 모셔다드릴 수 있어요."

에거가 말했다.

마을에 도착한 뒤, 로스코비치스 씨는 극구 사양하는 에거를 막무가내로 껴안았다.

"고맙습니다!"

감동한 노인은 이렇게 말했다.

"정말 고맙습니다!"

그의 부인이 반복해 말했다.

"고맙습니다! 고맙습니다!"

"괜찮습니다."

에거는 이렇게 말하고 한 걸음 물러섰다. 클루프터슈피체에서 내려가면서 노부부가 품었던 불안과 절망은 빠르게 사라졌고, 처음 모습을 드러낸 햇살 때문에 그들의 얼굴이 따스해지자, 피로도 단번에 몽땅 날아가버린 듯했다. 에거는 노부부에게 풀에 맺힌 아침 이슬을 마셔 갈증을 달래는 방법을 보여주었다. 노부부는 산에서 내려오는 시간 대부분을 에거 뒤에서 아이들처럼 재잘거리며 걸었다.

"여쭤보고 싶은 게 있습니다. 산길을 몇 곳 가르쳐주실 수 있는지요. 이 지역을 집 안마당처럼 잘 알고 계신 것 같아서요."

로스코비치스가 말했다.

"우리 같은 사람들에게 이런 산행은 절대 산책 수준이 아니더라고요!"

그의 부인이 맞장구쳤다.

"며칠이면 됩니다. 그냥 산에 올라갔다가 다시 내려오면 돼요. 보수는 걱정하실 필요가 없어요. 저희는 절대 나쁜 말을 듣고 싶지는 않으니까요. 그러니, 어떻게 하시겠습니까?"

에거는 곧 다가올 나날을 생각했다. 도끼로 장작을 패 몇 미터나 쌓아올려야 하고, 비 때문에 미끄러져 내린 감자밭을 새로 갈아야 할 것이다. 두 손으로 쟁기 자루를 잡을 생각을 하니 몸서리쳐졌다. 쟁기 자루를 쥐면 아무리 딱딱하게 박여 있는 굳은살이라도 전혀 보호 역할을 못했고, 몇 시간이 지나면 손가락 아래가 벌겋게 달아오르기 시작했다.

"좋습니다. 그럼 그렇게 하지요."

에거는 말했다.

에거는 일주일 내내 노부부를 이끌고 점점 더 까다로워지는 오솔길로 안내했고, 산악 지역이 얼마나 아름다운지 보여주었다. 에거는 이 일이 즐거웠다. 이 지역을 걸어다니는 것이 쉬웠고 산 공기가 머리에서 울적한 생각을 날려버렸다. 더욱이 에거의 입장에서는 기분 좋게도, 노부부와 나누는 대화는 적은 편이었다. 한편으로는 어차피 대화가 원래 거의 없었기 때문이고, 다른 한편으로는 에거의 뒤를 따르는 노부부의 폐에서 그르렁거리는 소리가 나지막하게 났고 불필요한 말을 하면 숨을 아예 못 쉬게 되었기 때문이다.

일주일이 지나자 노부부는 요란스럽게 작별 인사를 했고, 로스코비치스 씨는 에거의 재킷 주머니에 지폐 몇 장을 찔러넣었다. 로스코비치스 씨와 그의 아내는 눈가에 물기가 고인 채 자동차에 탔다. 자동차는 이른 아침이라 아직 안개가 짙게 깔린 거리를 가로질러 노부부의 고향 쪽 방향으로 사라졌다.

에거는 이 새로운 일을 하는 동안 즐거웠다. 그래서 다음과 같은 표지판을 만들었다. 에거가 생각하기에 그 표지판에는 꼭 필요한 정보가 포함되어 있었고, 아울러 그가 제공하는 서비스는 관광객들이 혹할 정도로 흥미로웠다. 에거는 마을 광장 분수 바로 옆에 표지판을 세워두고 기다렸다.

이 산이 마음에 드신다면
바로 제가 여러분과 함께하겠습니다

저는 (실제로 이 지역 자연을 평생 동안 체험했습니다.) 아래와 같이 제안합니다.

배낭을 메거나 메지 않은 채 하는 도보 여행

소풍 (반나절 또는 온종일)

등반 여행

산악 산책 (나이 드신 신사숙녀, 장애인, 어린이를 위한)

사계절 가이드 투어 (날씨가 적합할 경우)

아침에 일찍 일어나시는 분을 위한 확실한 일출

확실한 일몰 (오직 골짜기에서만 보실 수 있습니다. 산에서는
위험합니다.)

심신에 위험한 경우는 절대 없습니다!

(가격은 협의 가능하며, 비싸지 않습니다.)

표지판은 확실히 주목을 끌었고, 사업은 시작부터 잘됐다. 덕분에 에거는 오랫동안 하던 막노동을 다시 시작할 이유가 전혀 없었다. 예전과 마찬가지로 종종 캄캄한 새벽에 일어났지만, 이제는 경작지 대신 산 높은 곳에 올라가 떠오르는 해를 보았다. 그날 처음으로 떠오르는 태양이 내뿜는 빛이 관광객의 얼굴을 비추었다. 마치 관광객의 내면으로부터 빛이 타오르는 것 같았다. 에거는 그들이 행복해하는 모습을 지켜보았다.

여름이 되면 에거는 가까이 있는 산꼭대기를 넘어 멀리까지 나가는 투어를 자주 진행했다. 반면 겨울이 되면 폭이 넓은 스노슈즈를 신고 하는, 비교적 구간도 짧고 힘도 덜 드는 산책으로 제한했다. 에거는 항상 맨 앞에 서서 걸었다. 발생할 수 있는 위험을 예의 주시하고 등 뒤에서 관광객들이 숨을 헐떡거리는 소리를 유심히 들었다. 그는 이 사람들이 좋았다. 비록 관광객 상당수는 에거에게 세상에 대해 설명하려 들거나, 그러지는 않더라도 어떤 식으로든 어리석은 행동을 저질렀지만 말이다. 하지만 아무리 오래 걸려도 2시간짜리인 등반을 하는 동안 관광객의 오만한 태도는 뜨거워진 머리에서 솟는 땀과 함께 증발해버리고, 오로지 등반을 완주한 데 대해 감사하는 마음, 아울러 뼛속 깊이 스며든 피로만 남게 된다는 점을 에거는 잘 알고 있었다.

때때로 에거는 자신이 오래전에 살던 땅을 지나가기도 했다. 예전에 에거의 집이 서 있던 자리에는 세월이 흐르며 돌 더미가 쌓여 일종의 제방이 형성됐다. 여름에는 하얀 양귀비가 돌 틈에서 빛을 발했고, 겨울에는 스키를 탄 아이들이 돌 더미 위를 뛰어올랐다. 에거는 아이들이 경사면 아래로 쌩쌩 달리다가 환호성을 지르며 하늘로 치솟은 다음 잠깐 동안 허공을 날다가 능숙하게 내려앉거나 아니면 알록달록한 털실 뭉치처럼 눈밭을 구르는 광경을 보곤 했다. 그는 자신과 마리가 수많은 저녁 시간에 집 문턱에 앉아 있던 광경을 떠올렸다. 그리고 울타리 작은 출입문도 떠올렸다. 출입문에는 강철 대못을 구부려 만든 갈고리가 걸려 있었다. 눈사태가 일어나고서 울타리는 다른 많은 것과 함께 완전히 자취를 감춰버렸다. 눈이 녹은 뒤에도 더 이상 모습을 드러내지 않았다. 그것들은 마치 한 번도 존재한 적이 없었던 듯 그냥 사라져버렸다. 에거는 심장에서 슬픔이 치밀어오르는 것을 느꼈다. 마리가 계속 살아 있었다면 아마도 자신이 상상하는 것보다 훨씬 많은 것을, 정말 많은 일을 했을 거라고 생각했다.

에거는 산악 투어를 진행하는 동안 대개 말을 잘 하지 않았다. "입을 열면 귀가 닫히기 마련이지." 토마스 마틀은 항상 이렇게 말했고, 에거의 생각도 같았다. 말하는 대신 사람들이 하는 말에 귀를 기울이는 게 더 좋았다. 그들이 숨 가빠 하며 늘어놓는 수다를 들으며, 에거는 낯선 운명과 의견이 자아내는 비밀 속으로 발을 들여놓곤 했다. 확실히 사람들은 산에서 무언가를 찾으려 했다. 언젠가, 아주 오래전에 잃어버렸다고 믿는 무언가를. 에거는 그 무언가가 정확히 무엇과 관련되어 있는지 발견해낸 적은 한 번도 없었다. 하지만 세월이 흐르면서 관광객들은 근본적으로 자신을 따라온다기보다는, 충족시키기 어려운 어떤 알수 없는 갈망을 좇아 비틀거리며 산을 오른다고 점차 확신하게 됐다.

언젠가는 츠반치거코겔에서 짧은 휴식을 취하고 있을 때 어느 젊은 남자가 감동으로 온몸을 떨면서 에거의 어깨를 붙잡으며 소리쳤다. "이것 좀 보세요! 여기 모든 것이 정말 엄청나게 아름답지 않은가요!" 에거는 넘치는 행복으로 일그러진 얼굴을 바라보며 이렇게 말했다. "맞아요. 하지만 곧 비가 내리고 땅이 미끄러워지기 시작하면, 아름다움은 다 지나간 일이 되지요."

에거가 산을 안내하는 일을 하는 동안 관광객이 하마터면 목숨을 잃을 뻔한 적이 단 한 번 있었다. 그때는 1960년대 후반 어느 봄날이었다. 밤사이에 겨울로 다시 돌아갔나 싶을 정도로 추워졌고, 에거는 소규모 무리와 함께 새로 설치된 4인용 체어리프트를 타고 전경全景을 감상하는 투어를 진행했다. 이들 무리가 호이슬러 협곡에 놓인 판자다리를 건너가는데, 어느 뚱뚱한 여성이 축축한 나무판자에서 미끄러지면서 균형을 잃었다. 바로 앞에서 걷던 에거가 곁눈질로 살펴보니, 그 여성은 팔을 이리저리 흔들다가 마치 눈에 보이지 않는 줄이 하늘 높은 곳에서 잡아당기기라도 한 듯 한쪽 다리를 펄쩍 들어올렸다. 판자다리에서 밑바닥까지의 깊이는 20미터쯤 됐다. 에거는 그녀에게 달려들면서 그녀의 얼굴에 시선을 고정했다. 얼굴은 깊은 경외심에 사로잡히기라도 한 듯 점점 뒤로 기울어졌다. 그녀가 다리 난간에 등을 부딪치자, 에거는 나무가 삐걱거리는 소리를 들었다. 그녀가 다리 난간을 넘어 심연으로 미끄러져 떨어질 수도 있는 최후의 순간, 에거는 결국 한쪽 손으로 그녀의 발목을 붙잡았다. 에거는 손가락으로 움켜쥐고 있는 살이 이상할 정도로 부드러워 상당히 놀랐다. 그는 다른 쪽 손으로 소매를 붙잡은 뒤 여성을 판자다리 쪽으로 잡아당겼다. 그녀는 다리 위에서 꼼짝도 하지 못한 채 누워 있었으며, 놀랍게도 구름을 관찰하고 있는 듯했다.

"지금 하마터면 끝장이 날 뻔했지요?" 그녀가 말했다. 그러면서 에거의 손을 끌어당겨 자신의 뺨에 대고는 미소를 지어 보였다. 깜짝 놀란 에거는 고개를 끄덕였다. 뺨의 피부는 젖어 있었다. 그는 자신의 손바닥 아래로 쉽게 감지하기 어려운 미묘한 떨림을 느꼈고, 이런 접촉이 어쩐지 적절치 않다는 생각이 들었다. 에거는 문득 어린 시절에 겪었던 일이 떠올랐다. 열한 살쯤 되었을 때인데, 크란츠슈토커가 한밤중에 침대에 있는 에거를 불러냈다. 그는 송아지 출산을 도와야 했다. 어미 소는 새끼를 낳으려고 몇 시간이나 애썼다. 안절부절못하며 빙빙 돌다가 주둥이를 벽에 비벼 피투성이가 되기도 했다. 마침내 어미 소는 둔중한 소리를 내뿜더니 짚 더미 위에 비스듬히 누웠다. 꼬마 에거는 석유램프의 깜빡이는 불빛 아래에서 어미 소가 두 눈을 굴리고 음부에서 끈적끈적한 점액이 흘러나오는 광경을 보았다. 송아지의 앞다리가 보이기 시작하자, 줄곧 아무 말 없이 등받이 의자에 앉아 있던 크란츠슈토커가 벌떡 일어나 소매를 바짝 걷어올렸다.

그런데 송아지는 더 이상 움직이지 않았고, 어미 소는 얌전히 누워 있었다. 어미 소는 갑자기 머리를 들더니 울부짖기 시작했다. 울음소리를 들으며, 에거는 가슴속 깊이 싸늘한 공포를 느꼈다. "송아지가 죽어버렸구먼!" 크란츠슈토커는 이렇게 말했다. 그들은 함께 어미 소의 몸속에서 죽은 송아지를 빼내려 끌어당겼다. 에거는 필사적으로 송아지의 목에 손가락을 댔다. 송아지의 피부는 부드럽고 축축했다. 에거는 짧은 순간이지만 송아지의 맥박이 뛴다고, 손가락 아래에서 맥이 두근거리는 것을 느꼈다고 굳게 믿었다. 숨을 멈추고 귀를 기울였지만, 더 이상 맥박은 이어지지 않았다. 크란츠슈토커는 축 늘어진 송아지 시신을 바깥으로 옮겨놓았다. 바깥은 이미 아침이 밝았다. 꼬마 에거는 외양간 바닥을 청소를 했고 짚을 문질러 어미 소의 피부를 닦았다. 그리고 맥박이 단 한 번만 뛴 채 숨을 거둔 송아지를 생각했다.

뚱뚱한 여성은 미소를 지었다.

"이제 우리 둘 다 무사해서 다행이에요. 허벅지는 좀 아프지만요. 이제는 우리 둘이 나란히 절뚝이면서 골짜기 아래로 내려가겠네요."

그녀는 말했다.

"아닙니다. 각자 혼자 절뚝이면서 내려갑니다!"

에거는 이렇게 말하며 일어섰다.

마리가 세상을 떠난 뒤, 에거는 때때로 행동이 굼뜬 여성 관광객을 들쳐안고 급류를 건너거나 손을 꼭 잡고 미끄러운 바위로 가득한 산마루를 지나가기는 했지만, 그 밖에는 잠깐이라도 여성과 접촉하는 경우가 거의 없었다. 그동안 삶에 어느 정도 다시 적응하기까지 상당히 힘들었기 때문에 어떤 경우에도 지난 몇 년에 걸쳐 내면에 퍼진 평온함을 절대 잃고 싶지 않았다. 근본적으로 그는 마리를 거의 이해하지 못했으며, 더군다나 다른 모든 여성은 더더욱 수수께끼처럼 여겨졌다. 여성이 무엇을 원하거나 원치 않는지 전혀 몰랐다. 에거는 여성들과 함께 있을 때 그들이 말하고 행동하는 내용 가운데 상당수가 도무지 무슨 뜻인지 몰라 혼란에 빠지거나 화가 나거나 내면적으로 일종의 경직 상태에 빠졌다. 이런 경직 상태에 빠지면 다시 빠져나오기 무척 어려웠다. 한번은 황금 영양에서 한 계절만 일하는 어느 여종업원이 부엌 냄새 풍기는 육중한 몸으로 맞은편에서 오던 에거를 밀치더니 그의 귀에 축축한 말 몇 마디를 속삭인 적이 있다. 그런 말을 들은 에거는 정신이 혼란스러워져서 수프값을 낼 생각도 못한 채 황급히 여관을 뛰쳐나왔다. 거의 밤새도록 얼어붙은 산비탈을 오른 뒤에야 간신히 마음이 진정됐다.

이와 같은 순간을 마주하면 에거는 마음이 자꾸만 싱숭생숭해졌지만, 해가 거듭할수록 이런 일도 점차 드물어졌고, 결국에는 전혀 일어나지 않았다. 에거는 이런 상황에 대해 스스로 불행하다고 느끼지는 않았다. 그는 사랑을 한 번 한 적이 있고, 그 사랑을 잃어버렸다. 이후 이와 견줄 만한 사랑은 더 이상 나타나지 않았고, 이제 사랑이란 다 끝난 일이라고 여겼다. 그런데 욕망과의 싸움은 여전히 그의 내면에서 반복적으로 치밀어올랐다. 싸움은 끝날 때까지 철두철미 혼자서, 고독한 심정으로 결판 지어야 했다.

그러나 1970년대 초, 안드레아스 에거는 다시 한 번 연애 사건을 겪었다. 이 사건은 어느 가을날 며칠이라는 짧은 기간 동안 이루어졌으며, 남은 생을 홀로 보내고자 했던 에거의 열망과 대립했다. 얼마 전부터 에거의 침실 벽 뒤편에 맞닿은 교실의 분위기가 크게 바뀌었다는 느낌이 들었다. 평소 아이들이 떠드는 소리가 예전보다 크게 들렸고, 그렇지 않으면 쉬는 시간을 알리는 종소리가 울리자마자 억압에서 풀려나 자유를 얻기라도 한 듯 환호성이 항상 터져나왔다. 학생들이 이렇게 소란을 피워도 된다는 자각을 새롭게 얻은 이유는, 마을 학교 교사가 퇴직해 연금 생활자가 된 탓이 분명했다. 그 교사는 여러 세대에 걸쳐 농부의 자식들에게, 생각하기 싫어하고 지금 이 순간을 뛰어넘어 헤아리는 경우가 좀처럼 없는 아이들의 머리에, 최소한 읽기와 셈하기라는 가장 기초적인 학습 능력을 심어주기 위해 노력하며 인생 대부분을 보냈다. 그는 필요한 경우 손수 황소 꼬리를 감아 만든 매의 도움을 얻기도 했다. 이 늙은 교사는 마지막 수업을 끝낸 뒤 창문을 열어 남은 분필 조각이 담긴 상자를 장미꽃밭에 쏟아버렸고, 바로 그날 마을을 떠나버렸다. 상황이 이렇게 되자 지방의회 의원들은 당혹감에 빠졌다. 무엇보다 암소와 스키 타는 사람들 사이에서 교직 이력을 열심히 쌓겠다는 열망으로 충만

한 후임 교사를 당장 구할 수 없었기 때문이다. 안나 홀러라는 인물이 나타나면서 문제는 해결됐다. 안나 홀러는 인근 골짜기에서 교사 생활을 하다가 몇 년 전 은퇴해 연금을 받으며 살고 있었다. 그녀는 당분간 임시 교사로 수업을 맡아달라는 제안에 담담히 고마워하며 받아들였다. 안나 홀러의 교육관은 전임자와는 달랐다. 아이들의 내면에 스스로 발달할 수 있는 힘이 있다고 믿었다. 그녀는 오래된 황소 꼬리 매를 바깥으로 가져가, 학교 담장에 걸어놓았다. 이후 황소 꼬리 매는 담장에 걸린 채 몇 년에 걸쳐 비바람에 시달렸고, 담쟁이덩굴이 벽을 타고 올라가는 데 이용됐다.

이와 반대로 에거는 새로운 방식의 교육법에 대해 아는 것이 전혀 없을뿐더러 달갑지도 않았다. 어느 날 아침 그는 침대에서 일어나 옆방 교실로 건너갔다.

"죄송하지만, 너무 시끄럽네요. 저 같은 남자는 마음의 평온이 절실합니다."

"도대체 댁은 누구세요?"

"저는 에거라고 하고요, 바로 옆방에 살고 있습니다. 침대가 대충 여기쯤에 있습니다. 칠판 바로 뒤에요."

여교사는 그를 향해 한 걸음 더 다가왔다. 그녀의 키는 에거의 키보다 최소한 머리 하나 반쯤은 작았다. 하지만 그녀는 자신의 등 뒤에 있는, 책상에 일렬로 앉아 에거를 마주 보고 있는 아이들과 함께 위협적인 분위기를 자아냈고, 타협 같은 것은 전혀 기대할 수 없어 보였다. 에거는 무언가를 말하고 싶었지만, 그러는 대신 입도 열지 못하고 바닥에 깐 리놀륨만 내려다보았다. 갑자기 여기 서 있는 게 바보 같은 짓이라는 생각이 들었다. 우스꽝스러운 불평을 하는 늙은 남자. 아무리 어린 아이라도 노골적으로 놀라움을 드러내며 이 남자를 응시하리라.

"물론 이웃을 직접 고를 수는 없지요. 그러나 한 가지 확실한 건 있습니다. 바로 당신은 무례한 미련퉁이라는 거예요! 수업 중에 불쑥 교실로 들어왔어요. 초대도 받지 않았고, 머리를 빗질하지도 않았고, 면도도 하지 않았고, 게다가 속바지 바람으로 쳐들어왔어요. 입고 있는 게 속바지가 아니면, 무얼 입고 있다고 해야 맞나요?"

교사가 말했다.

"잠옷 바지입니다. 두서너 번 기운 거죠."

에거는 웅얼거렸다. 쓰라린 후회가 마음속으로 밀려들었다.

안나 홀러는 한숨을 내쉬었다.

"지금 당장 여기서, 교실에서 나가주세요. 깨끗하게 씻고 면도하고 옷을 단정하게 입은 뒤라면, 다시 오셔도 괜찮습니다!"

그녀는 말했다.

에거는 더 이상 교실에 모습을 드러내지 않았다. 교실에서 들려오는 소음을 감수하거나 부득이한 경우 이끼로 귓구멍을 막는 방법으로 문제를 해결했다. 아마도 이런 상태가 계속 이어질 수도 있었지만, 그다음 일요일에 에거의 방문을 세게 두드리는 소리가 세 번 들렸다. 문 바깥에는 안나 홀러가 케이크를 들고 서 있었다.

"먹을 것 좀 가지고 왔는데요. 탁자는 어디에 있나요?"

그녀가 말했다.

에거는 하나밖에 없는 의자인 직접 만든 착유용 보조 의자를 내놓았고, 오래된 보관용 상자 위에 케이크를 올려놓았다. 에거는 나쁜 시기가 또 올지도 모른다는 은밀한 두려움 때문에 통조림 깡통 몇 개 — '하게마이어의 양파를 곁들인 최상품 고기' — 와 따뜻한 신발 한 켤레를 이 상자 속에 보관해두었다. "이런 케이크는 금방 바싹 마르는 경우가 종종 있지요." 에거는 이렇게 말했다. 그는 질항아리를 손에 들고 마을 광장 분수로 향했다. 그러면서 이 여자를 생각했다. 지금 그녀는 바로 에거가 사는 방에 앉은 채, 그가 돌아와 케이크를 자르기를 기다리고 있다. 에거는 그녀의 나이가 대략 자기 나이와 엇비슷하겠다고 생각했지만, 수많은 세월 동안 교사 생활을 한 탓에 외모 면에서 분명 손해를 입은 듯했다. 그녀의 얼굴은 온통 자잘한 주름으로 덮여 있었고 어두운 빛깔의 머리카락은 단단히 틀어올려 묶여 있었다. 머리카락의 뿌리 부분은 눈처럼 새하얀 빛을 희미하게 발하고 있었다. 에거는 문득 잠깐 동안 기묘한 형상이 떠올랐다. 그녀가 보조 의자에 앉아 자신을 기다리고 있는 광경만 떠오른 게 아니었다. 아울러 수년 동안 홀로 살았던 이 방에 그녀가 그냥 머물러 있는 것만으로도 공간이 변하고, 확대되고, 어떤 불쾌한 방식으로 사방으로 활짝 열리는 모습이었다.

"그러니까 여기서 사시는군요."

에거가 질항아리에 물을 가득 채워 방으로 돌아오자 여교사가 말했다.

"그렇습니다."

에거가 대꾸했다.

"어디에 있든지 결국엔 행복해질 수 있지요."

그녀는 이렇게 말했다. 그녀의 짙은 갈색 눈동자는 따스하고 우호적인 눈빛을 띠었지만, 에거는 그녀가 자신을 바라보는 것이 달갑지 않았다. 그는 케이크 조각을 물끄러미 내려다보았고, 집게손가락으로 케이크 곁에 있던 건포도를 파내 슬그머니 바닥으로 떨어뜨렸다. 그러고서 두 사람은 케이크를 먹었다. 에거는 케이크가 참 맛있다는 느낌이 들었고, 그녀의 솜씨를 인정했다. 심지어 이 케이크는 지난 몇 년 동안 먹었던 어떤 음식보다도 훨씬 훌륭한 것 같다고 여겼다. 하지만 굳이 이 느낌을 그녀에게 말하지는 않았다.

훗날 에거는 안나 횔러와의 일이 전반적으로 어떻게 지속됐는지 도무지 떠오르지 않았다. 안나 횔러라는 교사가 케이크를 들고 에거의 방 문 앞에 섰던 것은 틀림없다. 그녀는 아주 당연하다는 듯 그의 인생에 발을 들여놓은 뒤 짧은 시간 동안 공간을 요구했다. 그녀는 아주 당연하다는 듯 그 공간이 자기 것이라고 받아들였다. 에거는 자신에게 무슨 일이 일어났는지 제대로 몰랐을 뿐만 아니라 무례를 범하고 싶지도 않았다. 그래서 안나 홀러 와 함께 산책하거나 나란히 앉아 햇볕을 쬐며 그녀가 보온병에 담아온 커피를 마시곤 했다. 그녀는 커피가 악마의 화신의 영혼 보다도 훨씬 검다고 주장했다. 안나 홀러는 그런 식의 비교를 끊 임없이 할 준비가 되어 있었다. 실제로 도무지 이야기를 멈추는 법이 없었다. 수업에 대해, 아이들에 대해, 자신이 살아온 인생에 대해 말했다. 또한 한 남자에 대해서도 이야기를 들려주었다. 오 래전 마음에 두었지만 절대, 절대, 절대 믿지 말아야 했던 한 남 자에 대해. 때때로 에거는 그녀가 무슨 말을 하는지 못 알아듣는 경우도 있었다. 안나 홀러는 에거가 한 번도 들어본 적이 없는 단 어를 구사했다. 그는 그녀가 원래 써야 할 적절한 단어가 다 떨어 지자 그냥 되는대로 단어를 떠올렸을 거라고 남몰래 결론 내렸 다. 에거는 그녀가 계속 말하도록 내버려두었다. 그는 귀를 기울 였고, 간간이 고개를 끄덕였고, 때로는 '예'나 '아니요'라고 말하 며 커피를 마셨다. 커피를 마시면 케머러 고지대 북쪽 측면을 오 를 때처럼 심장이 마구 뛰었다.

어느 날 안나 홀러는 파란 리즐을 타고 카를라이트너 산봉우 리에 올라가는 게 어떠냐고 제안했다. 정상에 서면 마을 전체를 조망할 수 있다고 그녀는 말했다. 산봉우리에서 내려다보면 학 교는 누군가가 잃어버린 성냥갑처럼 보일 것이고, 실눈을 뜨면 마을 분수 근처에 있는 아이들이 작고 알록달록한 점처럼 보일 거라고 했다.

에거가 창가에 자리를 잡자, 곤돌라는 가볍게 덜컥거리며 출발했다. 그는 안나 홀러가 바로 자기 뒤에 서서 어깨 너머로 바라보고 있음을 느꼈다. 지난 몇 년 동안 재킷을 빤 적이 없다는 생각이 떠올랐다. 기껏해야 지난주에 바지를 맑은 샘물에 30분 동안 담갔다가 햇볕이 내리쬐는 바위에 널어 말린 것이 전부였다.

"저 아래 기둥이 보이지요?" 에거가 물어보았다. "콘크리트를 토대에 붓는 작업을 하는데, 어떤 인부가 빠져버렸어요. 전날에 술을 너무 많이 마신 바람에 한낮이 되자 그만 앞으로 넘어졌지요. 얼굴이 콘크리트 속으로 처박혔어요. 그곳에 쓰러진 채 더 이상 움직이지 않는 거예요. 연못에 둥둥 뜬 죽은 물고기 같았지요. 콘크리트가 굳어가는 바람에, 우리가 그를 끄집어낼 때까지 시간이 좀 걸렸어요. 하지만 결국 해냈지요. 다만 이 사건 이후로 그 친구는 한쪽 눈이 멀었어요. 콘크리트 때문인지 크라우터러 소주 때문인지는 모르겠지만요."

산봉우리에 도착하자, 그들은 잠시 동안 플랫폼에 서서 골짜기를 내려다보았다. 에거는 어떤 식으로든 안나 홀러를 즐겁게 해주어야 한다고 느꼈다. 그래서 마을에 있는 여러 다양한 사물을 가리켰다. 불타버린 축사 잔해, 순무밭 위에 급하게 지은 휴가용 숙박 시설, 녹과 자줏빛 금작화로 무성하게 뒤덮인 거대한 가마솥을 가리켰다. 가마솥은 전쟁이 끝난 뒤 산악병이 성당 뒤에 놔두었고, 이후 아이들이 숨바꼭질할 때 활용하곤 했다. 안나 홀러는 새로운 것을 발견할 때마다 웃음을 터뜨렸다. 때때로 바람이 심하게 불어 웃음을 삼켜버려서, 아무 소리도 내지 않고 그냥 환한 표정만 짓는 것처럼 보이기도 했다.

그들은 초저녁이 될 무렵 골짜기 정거장에 도착했고, 잠깐 동안 나란히 서서 곤돌라가 다시 산 위로 올라가는 광경을 구경했다. 에거는 무슨 말을 해야 할지, 도대체 할 말이 있기나 한 건지 전혀 감이 잡히지 않았기 때문에 아예 입을 다물고 있었다. 갑자기 건물 지하층에 있는 기계실에서 엔진이 웅웅거리는 소리가 들릴 듯 말 듯 튀어나왔다. 에거는 그녀의 눈길이 자신에게 향하는 것을 느꼈다. "이제 집까지 데려다주셨으면 좋겠어요." 그녀는 이렇게 말한 뒤 발걸음을 옮기기 시작했다.

안나 홀러는 시청 바로 뒤편에 있는 조그마한 방에서 살았다. 이 시청에 있는 지방 자치 단체가 그녀에게 임시 교사직을 위임했다. 그녀는 라드를 바르고 양파를 얹은 빵 두어 개를 접시에 준비했고, 바깥 창틀에 놓아둔 차가운 맥주 두 병을 가져왔다. 에거는 빵을 먹고 맥주를 마시면서 그녀를 쳐다보지 않으려 애썼다.

"당신은 그런 남자 같아요. 식욕이 왕성한, 진정한 남자요. 그렇죠?"

안나 홀러가 말했다.

"그럴 수도 있겠네요."

그는 이렇게 말하고는 어깨를 으쓱했다.

바깥은 서서히 어두워졌고, 그녀는 일어나 방 안을 두어 걸음 서성거렸다. 그런 뒤 조그마한 찬장 앞에 멈춰섰다. 에거가 뒤돌아보니, 그녀는 마루청에 떨어뜨린 무언가를 찾기라도 하는 듯 머리를 숙이고 있었다. 그녀는 손가락으로 치맛단을 만지작거리고 있었다. 구두 뒷굽에는 흙과 먼지가 아직 달라붙어 있었다. 방 안에는 고요함이 무서울 정도로 감돌고 있었다. 오래전 모든 골짜기에서 사라져버린 고요함이, 바로 이 순간, 이 조그마한 방에 전부 모여 있는 듯했다. 에거는 헛기침을 했다. 그는 맥주병을 내려놓고, 물방울이 유리병 아래로 서서히 떨어지다가 식탁보에 둥글고 어두운 얼룩으로 번지는 광경을 지켜보았다. 안나 홀러는 아무런 움직임 없이, 시선을 내리깐 채 찬장 앞에 서 있었다. 그녀는 우선 머리를 든 다음, 두 손을 올렸다.

"이 세상에 사는 사람들은 혼자일 때가 종종 있지요."

그녀는 이렇게 말한 다음 몸을 돌렸다. 그녀는 양초 두 개에 불을 붙이고는 탁자에 놓았다. 커튼을 쳤다. 빗장을 질러 문을 잠갔다.

"이리 와요."

그녀가 말했다.

에거는 여전히 식탁보에 번진 어두운 얼룩을 응시하고 있었다.

"나랑 잔 여자는 한 명뿐이에요."

"상관없어요. 전 괜찮아요."

교사가 말했다.

시간이 흐르고, 에거는 곁에 누워 자고 있는 늙은 여자를 보았다. 함께 침대에 눕자, 안나 홀러는 그의 가슴에 손을 얹었다.

131

가슴 아래 심장이 심하게 두근거려서, 에거는 혹시 방 전체가 흔들리는 게 아닌가 하는 생각이 들 정도였다. 몸을 제대로 움직일 수 없었다. 긴장을 극복하지 못했다. 못에 박힌 듯 꼼짝하지 못한 채, 그는 침대에 누워 있었다. 가슴에 놓여 있는 손이 점점 무거워지는 느낌이 들었고, 결국 손길은 갈비뼈 사이로 내려가더니 심장 바로 위에 머물렀다. 에거는 안나 홀러의 몸을 물끄러미 바라보았다. 그녀는 비스듬히 누워 있었다. 머리는 베개에서 미끄러져 내렸고, 머리카락은 가느다란 실타래처럼 침대보 위에 놓여 있었다. 그녀의 얼굴은 반쯤 다른 곳을 향하고 있었다. 매우 초췌하고 야위어 보이는 얼굴이었다. 커튼의 가느다란 틈새를 통해 방 안으로 떨어진 밤의 빛은, 그녀의 얼굴에 드리운 수많은 주름에 붙잡혀 있는 것 같았다. 에거는 잠이 들었고, 다시 깨어나 보니 안나 홀러는 몸을 웅크린 채 모로 누워 있었다. 그녀가 베개에 얼굴을 묻고 흐느끼는 소리가 들렸다. 에거는 잠깐 동안 망설이며 그녀 곁에 누워 있었지만, 곧이어 이런 상황에서 할 수 있는 건 이 세상에 아무것도 없다는 깨달음이 들었다. 그는 조용히 자리에서 일어나 방을 나왔다.

같은 해에 새로운 교사가 마을에 왔다. 젊은 남자로, 얼굴은 아직 사내아이 티를 못 벗었고 머리카락은 뒤로 땋아 어깨까지 늘어뜨렸다. 그는 스웨터를 짜거나 작고 뒤틀린 십자가상을 나무뿌리에 새기며 저녁 시간을 보냈다. 예전의 고요함과 규율로 충만했던 나날은 이제 다시는 학교로 되돌아오지 않았고, 에거는 침실 벽 뒤에서 들려오는 소음에 익숙해졌다. 여교사 안나 홀러는 그 뒤로 단 한 번만 보았다. 그녀는 장바구니를 들고 마을 광장을 가로지르고 있었다. 그녀는 천천히 걸었으며, 부자연스러울 정도로 보폭이 좁았다. 머리를 앞으로 숙이고 있는 것으로 보아 생각에 푹 빠져 있는 듯했다. 안나 홀러는 에거를 발견하자 손을 들고 손가락을 흔들었다. 마치 어린아이에게 손짓하는 듯한 행동이었다. 에거는 재빠르게 시선을 땅바닥으로 떨어뜨렸다. 훗날 그는 비겁한 행동을 저질렀던 이 순간을 부끄러워했다. 안나 홀러는 마을에 도착했을 때와 똑같이, 아주 조용히 마을을 떠났다. 어느 추운 날 아침, 아직 해가 뜨지 않은 시간에, 그녀는 여행용 가방 두 개를 들고 우편버스*에 올라탔고 맨 뒷자리에 앉은 뒤 두 눈을 꼭 감았다. 나중에 운전기사가 전한 말에 따르면, 그녀는 버스를 타고 가는 내내 단 한 번도 눈을 뜨지 않았다고 한다.

그해 가을, 눈은 평소보다 일찍 내렸다. 안나 홀러가 마을을 떠나고 몇 주도 지나지 않아 스키 타러 온 사람들이 골짜기 정거장 앞에 긴 줄을 이루었고, 스키 바인딩에서 나는 금속성의 찰칵거리는 소리와 스키 신발에서 나는 삐걱거리는 소리를 마을 어디에서든 저녁 늦게까지 들을 수 있었다. 크리스마스 직전의 어느 춥고 쾌청한 날, 에거는 나이 든 신사 숙녀 몇 명과 함께 눈길 산책

---

* 우편물을 배달하고 승객도 실어나르는 버스.

을 마치고 집으로 돌아오고 있었다. 이때 흥분한 관광객 무리가 지역 주민 몇 명, 마을 경찰, 뒤죽박죽 날카로운 소리를 지르는 아이들을 따라 맞은편 거리에서 그를 향해 다가왔다. 스키복을 입은 젊은 남자 두 명이 스키를 일종의 들것으로 용도 변경했고, 그 위에는 분명 세심한 주의를 기울이며 운반해야 하는 무언가가 놓여 있었다. 두 남자는 기묘하리만큼 경외심으로 가득 찬 몸짓으로 스키를 다루었다. 이 광경을 보자 에거는 일요 미사에서 제대 주위를 살금살금 걷는 복사服事[•]가 발산하는 열정이 절로 떠올랐다. 그는 이 떠들썩한 광경을 좀 더 자세히 구경하려고 거리를 건넜는데, 야단법석을 일으킨 존재의 정체를 보자 그만 숨이 턱 막혔다. 임시방편으로 만든 들것 위에 누워 있는 것은 바로 뿔 달린 하네스였다.

에거는 잠깐 동안 자신이 무언가에 홀린 게 아닌가 싶었지만, 의심의 여지가 없었다. 그의 앞에 염소지기, 혹은 그를 내팽개쳐 두고 사라진 사람이 누워 있었다. 그의 육신은 아주 단단하게 얼어붙어 있었다. 자세히 보니 한쪽 다리가 없는 반면, 나머지 다리는 기괴한 모양으로 탈구된 상태로 들것 위로 튀어나와 있었다. 두 팔은 가슴을 꽉 휘감고 있었으며, 두 손에는 말라비틀어진 살점이 걸려 있었고 거의 완전하게 드러난 손가락뼈는 새의 발톱처럼 구부러져 있었다. 머리는 누군가가 억지로 뒤로 잡아당기

• 미사 때에, 사제를 돕고 시중을 드는 사람.

기라도 한 듯 목덜미 쪽으로 크게 젖혀져 있었다. 얼음으로 인해 얼굴의 절반이 뜯겨져 뼈가 드러났다. 검푸른 잇몸과 함께 이가 드러나 있어서 비죽 웃고 있는 것처럼 보였다. 양쪽 눈꺼풀이 모두 없기는 했지만, 두 눈은 전혀 손상을 입지 않았다. 마치 두 눈을 크게 뜨고 하늘을 쳐다보는 것 같았다.

에거는 몸을 돌려 발걸음을 몇 발짝 내딛다가 다시 멈춰섰다. 역겨운 기분이 들었고, 음침하게 윙윙거리는 소리가 귓가에 울렸다. 그는 남자들에게 무언가 말해주고 싶었다. — 하지만 무슨 말을 한단 말인가? 머릿속에서 온갖 생각이 춤추었다. 그는 아무런 말도 할 수 없었다. 에거는 몸을 다시 돌렸지만, 사람들은 이미 계속 움직인 지 오래였다. 얼음처럼 차갑고 무거운 시신을 들고 저 멀리 거리 뒤편으로, 성당 쪽으로 가고 있었다. 들것 한 편에서는 마을 경찰이 함께 걷고 있었다. 그 반대편으로는 염소지기의 다리가 메마른 뿌리처럼 허공으로 튀어나와 있었다.

뿔 달린 하네스의 시신을 발견한 이는 모험심 강한 스키 여행자 커플이었다. 그들은 활강 코스를 벗어난 곳 위쪽에 있는 페르나이스 빙하의 갈라진 틈* 속에서 뿔 달린 하네스를 발견했다. 커플이 만년빙萬年氷을 깨고 그 속에 얼어붙어 있던 뿔 달린 하네스를 끌어내는 데 몇 시간이나 걸렸다. 갈라진 틈이 워낙 좁아서 새나 다른 동물은 대부분 접근하지 못했고, 얼음 덕분에 염소

---

* '크레바스'라고도 함.

지기의 시신은 수십 년 동안 보존됐다. 오로지 한쪽 다리만 사라지고 없었다. 남자들은 이렇게 된 이유를 다음과 같이 추측했다. 즉, 뿔 달린 하네스가 갈라진 틈 속으로 미끄러지기 전에 어떤 짐승이 다리를 물어뜯어 가지고 갔을지도 모른다. 아니면 바위에 부딪쳐 다리가 잘려나갔을지도 모른다. 또는 뿔 달린 하네스가 갈라진 틈에서 벗어나려고 자포자기 심정으로 자기 다리를 직접 떼어냈을지도 모른다. 수수께끼는 풀리지 않았고, 사라진 다리는 찾을 길이 없었다. 잘리고 남은 다리 부위만으로는 아무런 단서도 찾을 수 없었다. 빙하의 갈라진 틈에 묻혀 있던 이 부위는, 그냥 잘리고 남은 부위일 뿐이었다. 부위의 가장자리는 약간 너덜너덜해진 상태였고, 부위 정중앙은 염소지기의 잇몸과 똑같이 검푸른 색을 띠고 있었다.

원하는 사람은 누구나 작별 인사를 할 수 있도록 시신은 성당으로 옮겨졌다. 하지만 촛불이 은은히 비추는 가운데 입관되어 있는 얼음 시체를 찾는 이는 아무도 없었다. 두 눈으로 직접 시체를 은밀하게 관찰하고 가능한 한 모든 각도에서 사진을 찍고 싶어 하는 관광객 몇 명만 기웃거렸을 뿐이다. 아무도 뿔 달린 하네스를 알지 못했고, 아무도 그를 기억해내지 못했다. 기온이 올라갈 거라는 일기 예보가 나와서, 염소지기는 다음 날 묻혔다.

에거는 예기치 않은 만남 때문에 충격을 받았다. 뿔 달린 하네스가 사라진 날과 다시 불쑥 나타난 날 사이에는, 거의 한평생에 가까운 시간의 간극이 놓여 있었다. 에거는 마음의 눈을 통해 펄쩍펄쩍 뛰어오르던 흐릿한 사람 형체가 차츰 멀어지다가 새하얀 눈보라의 정적 속으로 사라지는 광경을 바라보았다. 어떻게 몇 킬로미터나 떨어진 빙하 틈까지 갈 수 있었을까? 거기서 무엇을 찾으려 했던 걸까? 그리고 마지막 순간에는 무슨 일이 일어났던 걸까? 에거는 사라진 다리 생각을 하니 소름이 끼쳤다. 다리는 아마도 빙하 틈 어딘가에 박혀 있으리라. 아마도 없어진 다리역시 몇 년 뒤에 발견되어 진기한 전리품 취급을 받으며 흥분한 스키 관광객의 어깨에 얹혀 골짜기를 내려오게 될지도 모른다. 추측건대 뿔 달린 하네스는 이 모든 것에 개의치 않으리라. 그는이제 얼음 속 대신 땅속에 누워 있고 어쨌든 평화롭게 잠들어 있다. 에거는 러시아에 있던 시절 목숨을 잃은 무수한 사람들을 생각했다. 러시아의 얼음 속에 파묻혀 있는 시체의 찡그린 얼굴은그가 일생 동안 본 것 중 가장 끔찍한 것이었다. 이와 대조적으로, 뿔 달린 하네스는 이상하게도 행복하다는 인상을 풍겼다. 그는 최후의 순간 하늘을 향해 웃었을 거라고, 자기 다리를 악마의목구멍에 담보물로 던졌을 거라고 에거는 생각했다. 이러한 생각이 마음에 들었다. 무언가 위안이 되는 상상이었다.

그런데 에거가 몰두한 생각은 하나 더 있었다. 얼어붙은 염소지기가 마치 시간의 창을 통하기라도 하듯 에거를 응시하고있다는 상상이었다. 하늘을 향한 그의 얼굴 표정에는 무언가 젊음의 기운이 어려 있었다. 에거가 오두막에서 죽을병에 걸린 염소지기를 발견해 나무지게에 지고 골짜기로 내려갔던 당시, 뿔 달린 하네스는 마흔 살이나 쉰 살쯤 되었던 것 같다. 이제 에거는 일흔 살을 훌쩍 넘겼고, 자신이 젊다는 느낌은 절대 들지 않았다. 산에서의 삶과 노동으로 인해 그에게는 진한 흔적이 남게 됐다. 에거와 관련된 흔적은 전부 휘어지고 비뚤어졌다. 그의 등은 급격한 곡선을 그리며 땅을 향해 돌진하는 것처럼 보였고, 척추가 머리 위로 자라는 듯한 느낌이 들 때가 점점 잦아졌다. 그래도 산에서는 여전히 굳건하게 서 있을 수 있었고, 아무리 강한 가을 산바람을 맞아도 절대 균형을 잃지 않았다. 하지만 에거는 안쪽이 이미 썩어 있는 나무의 자태로 서 있었다.

* * *

말년에 이르러 에거는 그렇지 않아도 뜨문뜨문해진 일거리를 더이상 맡지 않았다. 그는 자신이 평생 동안 충분할 정도로 뼈 빠지게 일했다고 여겼다. 게다가 관광객들의 수다와, 산의 날씨처럼 끊임없이 변하는 그들의 기분을 점점 견뎌내기 힘들었다. 하마터면 도시에서 온 젊은 관광객의 따귀를 때릴 뻔한 적도 있다. 그 관광객은 너무나도 행복에 취한 나머지 바위에 올라서서 눈을 꼭 감고 빙글빙글 돌다가 바위 아래 자갈밭으로 떨어졌다. 에거와 나머지 관광객 무리는 어린아이처럼 흐느껴 우는 그를 골짜기로 운반했다. 그 사건이 일어난 뒤 에거는 산 안내인 노릇을 그만두고 은둔 생활에 들어갔다.

마을 주민 수는 전쟁이 일어난 이후 세 배가 늘었고, 관광객용 침대 개수는 거의 열 배나 증가했다. 이 때문에 지방 자치 단체는 실내 수영장과 온천 요양 정원이 딸린 휴양지 건설은 물론, 오랫동안 지연됐던 학교 건물의 확장을 착수하는 데 박차를 가했다. 에거는 건설 노동자들이 몰려오기 전에 방을 비웠다. 마을 뒤편 출구에서 몇백 미터 위로 올라간 곳에 수십 년 전에 버려진 축사가 있었다. 그는 얼마 되지 않는 자질구레한 짐을 꾸려 그곳으로 거처를 옮겼다. 축사는 동굴처럼 산비탈을 파고들어간 형태였고, 이로 인해 1년 내내 일교차가 별로 크지 않은 장점이 있었다. 축사 정면은 비바람에 시달린 막돌을 층층이 쌓아올린 형태였다. 에거는 막돌 사이에 난 구멍에 처음에는 이끼를, 그다음에는 시멘트를 채워넣었다. 문 틈새를 메웠고, 파인타르*를 목재에 발랐고, 경첩에 슨 녹을 긁어냈다. 그런 다음 벽에 있는 돌 두 개를 깨고 그 자리에 창문과, 검댕이 묻어 시커먼 난로를 위한 연통을 설치했다. 난로는 부벤코겔에 있는 체어리프트 정거장 뒤편에 쌓인 고철 더미에서 찾아냈다. 에거는 새로 마련한 집에서 아늑한 기분을 느꼈다. 때로는 이곳 고지대에서 사는 것이 외롭다고 여겨지기도 했지만, 자신의 고독이 결함이라고 생각되지는 않았다. 그의 곁에는 아무도 없었지만, 자신이 필요한 것은 모두 가졌고, 이것으로 충분했다. 창문 밖으로 드넓은 풍경을 볼 수 있

---

* 소나뭇과 식물의 뿌리 또는 줄기를 건류해 얻을 수 있는 흑갈색의 끈끈한 물질.

었고, 난로는 따뜻했다. 난방을 한 상태에서 처음 보낸 겨울이 지나자 코를 찌르는 듯했던 염소와 가축 냄새도 말끔히 사라졌다. 에거는 무엇보다 고요함을 마음껏 누렸다. 그동안 골짜기 전체를 가득 채웠고 주말만 되면 산비탈에 파도처럼 밀려 들어오던 소음은, 이제는 어렴풋한 예감으로 그에게 스치듯 다가올 뿐이었다. 구름이 산꼭대기에 무겁게 걸려 있고 공기에 비 냄새가 잔뜩 스며 있는 수많은 여름밤에, 에거는 매트리스에 누워 머리맡 땅바닥을 통해 들려오는 동물들의 소리에 귀를 기울였다. 겨울이 되면 저녁마다 멀리 떨어진 스키 활강로에서 웅웅거리는 소리가 어렴풋이 들려왔다. 이 소리는 정설기가 다음 날을 위해 활강 코스를 정비하는 소리였다. 이제 에거는 마리를 생각하는 일이 잦았다. 마리와 함께한 추억, 그리고 마리가 살아 있었다면 쌓았을 추억을 생각했다. 하지만 생각하는 시간은 아주 짧았고 창밖에서 먹구름 조각이 재빠르게 지나가듯 마리와의 추억도 그렇게 스쳐 지나갔다.

이곳에는 대화를 나눌 수 있는 사람이 아무도 없었기 때문에, 에거는 혼잣말을 하거나 주변 사물에게 말을 걸었다. 그는 이렇게 말했다.

"너는 아무 쓸모가 없어. 너는 너무 뭉툭해. 일단 너를 돌로 갈 거야. 그런 다음에 마을로 내려가 질 좋고 고운 사포를 사와서 또 한 번 너를 갈 거야. 그런 다음 네 손잡이를 가죽으로 감싸고 동여맬 거야. 그러면 너는 손에 아주 잘 맞게 되겠지. 게다가 보기에도 좋을 거고. 물론 겉모습이 중요한 건 아니지만 말이야. 무슨 이야기인지 알아듣겠지?"

또는 이렇게 말하기도 했다.

"날씨가 참 음울하구먼. 온통 안개뿐이야. 이럴 땐 시선을 어디에 붙잡아둬야 할지 모르기 때문에, 안개를 바라보는 눈길이 계속 미끄러지지. 이렇게 안개가 계속 흘러가다 보면, 머지않아 내 방으로 스며들어와 탁자 위까지 와서 아주 가는 보슬비를 뿌리기 시작하겠지."

그리고 이렇게 말하기도 했다.

"곧 봄이 오겠군. 벌써 새가 봄이 오는 걸 알아차렸어. 짐승 뼈 속에서 무언가가 움직이는군. 또 알뿌리가 눈 밑 깊숙한 곳에서 벌써 싹을 틔웠어."

때때로 에거는 자신을 향해 웃음을 터뜨렸다. 자기 생각이 우스워 웃기도 했다. 창가에 있는 탁자에 홀로 앉아 구름 그림자가 고요히 드리워진 산을 내다보다가 눈물이 맺힐 때까지 웃기도 했다.

에거는 일주일에 한 번은 마을로 내려가 성냥과 페인트 또는 빵, 양파, 버터를 샀다. 그는 오래전부터 사람들이 자신에 대해 어떤 추측을 하는지 알고 있었다. 직접 만들고 봄에 작은 고무바퀴를 달아 보강한 썰매에 물건을 싣고 집으로 돌아가려 하면, 자신의 등 뒤로 사람들의 눈초리가 꽂히고 은밀하게 수군거리기 시작하는 광경이 보였다. 그러면 에거는 몸을 돌려 할 수 있는 한 최대로 화난 눈길로 사람들을 쏘아보았다. 하지만 에거는 사실 마을 사람들의 의견이나 분노 같은 것은 별로 개의치 않았다. 그들이 보기에 에거는 땅에 구덩이를 파서 그 안에서 살고, 계속 혼잣말을 하고, 아침이면 얼음처럼 차가운 산 개울 앞에 웅크려 앉아 세수하는 늙은 남자일 뿐이었다. 하지만 에거의 입장에서 보면 자신은 이와 같은 생활을 어쨌든 잘 해내고 있었고, 그러므로 매사에 만족할 만한 이유가 충분했다. 관광객들을 안내하던 시절에 번 돈으로 한동안 잘 살 수도 있었다. 제대로 된 거처를 마련하고, 전용 침대에서 자고, 문 앞에 놓아둔 조그마한 보조 의자에 앉아 이곳저곳으로 시선을 돌리다가 두 눈이 저절로 감기고 턱을 가슴 쪽으로 떨어뜨리며 살 수도 있었다. 다른 사람처럼 에거도 일생 동안 마음속에 생각과 꿈을 품었다. 그중 상당수는 자신이 직접 실현했고, 상당수는 다른 이에게서 선사받았다. 상당수는 도달하지 못한 채 끝나버리거나 설령 도달했더라도 다시 빼앗기고 말았다. 하지만 에거는 여전히 그곳에 있었다. 그리고 겨울이 지나고 봄이 와서 눈이 처음으로 녹는 시기가 오면, 에거는 이른 아침에 자신이 사는 오두막 앞 이슬로 촉촉이 젖은 목초지를 가로질러 가서 여기저기 널려 있는 평평한 바위 중 하나에 몸을 누이곤 했다. 서늘한 돌에 등을 대고 그날 처음으로 비추는 따뜻한 햇살에 얼굴을 맡기면, 살아오는 동안 나쁜 일은 그리 많지 않았던 것 같다는 느낌마저 들었다.

—

눈이 녹고 난 뒤의 시기는 이른 아침에 땅에서 김이 모락모락 나고 동물들이 구멍이나 굴에서 기어나오는 때이기도 했다. 바로 이때, 안드레아스 에거는 차가운 여인과 우연히 마주쳤다. 매트리스에 누운 에거는 몇 시간 동안 잠이 오지 않아 이리저리 몸을 뒤척였다. 그러다가 나중에는 더 이상 움직이지 않고 그냥 조용히 누워 있었다. 가슴 위에 팔짱을 낀 채, 밤이 내는 소리에 귀를 기울였다. 뒤숭숭한 느낌을 주는 바람이 오두막 주변을 스쳐지나가다가 창문과 둔탁하게 부딪쳤다. 그러다가 돌연 사방에 고요함이 감돌았다. 에거는 촛불을 켠 다음 천장에 드리워진 깜빡이는 그림자를 응시했다. 그는 촛불을 껐다. 잠시 꼼짝 않고 누워 있었다. 결국 자리에서 일어나 밖으로 나갔다. 세상은 한 치 앞을 내다볼 수 없을 정도로 짙은 안개 속에 가라앉아 있었다. 아직 밤이었지만, 이 부드러운 고요함 뒤편 어딘가에서는 아침이 밝아오고 있었고, 공기는 어둠 속에서 우유처럼 희미하게 빛나고 있었다. 에거는 산비탈로 몇 발짝 올라갔다. 안개가 너무나 짙어 손의 윤곽조차 두 눈으로 제대로 구별하지 못할 정도였다. 손을 쭉 뻗어보니, 헤아리기 힘들 정도로 깊은 물속으로 가라앉은 것처럼 보였다. 에거는 계속 산을 걸었다. 조심스럽게 한 걸음 한 걸음 내디디며, 몇백 미터를 올라갔다. 저 멀리서 길게 늘어지는 휘파람 같은 소리가 들렸다. 마멋*의 울음소리였다. 에거

• 다람쥣과의 포유동물. 겨울잠을 잠.

는 걸음을 멈추고 시선을 위로 향했다. 안개가 뚫린 틈으로 하얀 달이 오롯이 드러나 있었다. 에거는 갑자기 미풍이 얼굴을 스치고 지나간 것 같은 느낌이 들었다. 그리고 다음 순간, 바람이 다시 불어왔다. 바람은 한 차례 세차게 불었고, 안개를 조각조각 냈으며, 찢긴 조각을 갈라놓았다. 에거는 바람이 고지대에 있는 바위를 스치며 울부짖는 소리를 들었고, 자신의 발치에 있는 풀이 속삭이는 소리도 들었다. 그는 줄무늬처럼 드리워진 안개를 헤치며 계속 걸었다. 안개는 마치 살아 있는 생물처럼 그의 앞에서 흩어져 달아났다. 에거는 하늘이 활짝 열린 광경을 보았다. 평평한 바위를 보았다. 누군가가 하얀 식탁보를 펼쳐놓기라도 한 것처럼, 바위 위에는 눈이 조금 남아 있었다. 그러고서 차가운 여인을 보았다. 차가운 여인은 에거가 있는 지점에서 위쪽으로 대략 30미터 떨어진 산비탈을 가로지르고 있었다. 여인의 모습이 완전히 새하얘서 에거는 처음에는 안개 줄기인 줄 알았다. 하지만 머지않아 여인의 창백한 두 팔을 뚜렷하게 알아보았다. 어깨에는 실밥이 보일 정도로 해진 천 조각이 걸쳐져 있었다. 그리고 머리카락이 마치 그림자처럼 여인의 새하얀 몸에 드리워져 있었다. 오싹한 기운이 에거의 등골을 휙 지나갔다. 에거는 돌연 냉기를 느꼈다. 하지만 공기가 차갑지는 않았다. 냉기는 바로 에거의 내면에서 흘러나왔다. 냉기는 그의 심장 깊숙한 곳에 자리 잡았다. 냉기는 경악스러운 존재였다. 여인의 형체는 암석이 빽빽하게 들어차 있는 곳을 향해 움직였다. 물론 빠르게 움직이기는 했지만, 에거는 여인의 발걸음을 전혀 느낄 수 없었다. 마치 숨겨진 작동 방식을 통해 바위가 그녀를 끌어당기는 듯했다. 에거는 감히 움직일 엄두를 내지 못했다. 경악스러운 느낌이 마음속에 자리 잡았지만, 이와 동시에 에거는 기묘하게도 자신이 소리를 내거나 경솔하게 움직이는 바람에 여인의 형체를 쫓아버리게 될까봐 두려웠다. 여인의 머리카락이 바람에 흩날렸고, 그러는 바람에 목덜미가 언뜻 드러났다. 그러자 에거는 모든 것을 알게 됐다. "몸을 좀 돌려봐. 뒤로 돌아서 날 좀 보라고!" 그는 이렇게 말했다. 하지만 여인의 형체는 점점 멀어졌고, 그녀의 목덜미만 보였다. 목덜미에는 초승달 모양의 빨간 흉터가 희미하게 빛나고 있었다. "너무 오랫동안 못 봤어. 그동안 어디에 있었던 거야? 들려줄 이야기가 너무 많아. 그 이야기를 안 믿을지도 모르겠지만 말이야. 마리! 인생 전체를, 참 오래도 산 인생 이야기를 들려줄게!" 에거는 소리쳤다. 그녀는 몸을 돌리지 않았다. 대꾸도 없었다. 오직 바람 소리만 들렸다. 바람이 땅바닥을 스치자 올해 마지막까지 남은 눈이 흩날리며 울부짖는 소리, 탄식하는 소리가 울려퍼졌다.

에거는 산에 홀로 서 있었다. 밤 그림자가 주위에서 서서히 물러나는 동안, 에거는 꼼짝도 하지 않은 채 오래도록 서 있었다. 마침내 에거가 몸을 움직이자, 멀리 떨어진 산맥 뒤편에서 태양이 빛나기 시작했다. 너무나 부드럽고 아름다운 햇살이 산봉우리에 쏟아졌기 때문에, 에거는 전혀 피곤하지도, 혼란스러운 느낌이 들지도 않을 지경이었다. 햇빛으로 인해 순수한 행복감에 빠져 웃음 지을 수도 있을 지경이었다.

그다음 주까지 에거는 자신이 사는 거처 위쪽, 바위가 많은 산비탈을 계속 헤매고 다녔다. 하지만 차가운 여인 또는 마리, 또는 환영幻影일지도 모르는 존재는 결코 다시 나타나지 않았다. 에거의 머릿속에서 그녀의 형상은 점점 희미해져갔고, 결국 완전히 사라지고 말았다. 그 무렵 에거는 대체로 잘 잊어버렸다. 잠자리에서 일어나면 한 시간 넘게 신발을 찾는 일이 빈번했다. 사실 신발은 전날 저녁에 말리기 위해 난로 연통에 걸어놓았는데, 도무지 기억이 나지 않았다. 또는 저녁에 무슨 음식을 만들까 곰곰이 생각하는 경우도 있었다. 일종의 몽상에 지나치게 골몰하다가 아주 피로해져서, 음식은 한 입도 못 먹고 탁자에 앉은 채두 손으로 머리를 괴고 잠이 드는 경우도 종종 있었다. 때로는 잠자리에 들기 전에 창가에 놓아둔 보조 의자에 앉아 바깥을 내다보며, 밤을 배경으로 추억이 선명하게 떠오르기를 희망하기도했다. ─ 적어도 자신의 혼란스러운 정신에 다소나마 질서를 부여해줄 추억이. 하지만 사건이 일어난 순서를 혼동하는 경우가 점점 잦아졌고, 사물이 뒤죽박죽 된 채 굴러 떨어졌고, 어떤 형상이 내면의 눈앞에서 결합되려는 듯하다가 다시 미끄러져버리거나 뜨겁게 달아오른 쇠에 부은 윤활유처럼 증발해버렸다.

어느 몹시 추운 겨울날 아침, 스키를 타러 온 커플이 에거가 벌거벗은 채 오두막 앞에서 서성이는 광경을 목격했다. 그는 전날 저녁 차갑게 하려고 바깥에 내놓은 맥주병을 찾기 위해 맨발로 눈 쌓인 땅을 쿵쾅거리며 돌아다녔다. 적어도 그때부터 마을 사람 몇몇은 에거 노인이 완전히 미쳤다고 여겼다. 그러나 에거는 이런 분위기에 전혀 구애받지 않았다. 자신의 정신이 점점 더 혼란스러워지고 있다는 점을 잘 알았지만, 정신이 나간 것은 아니었다. 게다가 이 시기에 그는 다른 사람의 생각에는 거의 신경 쓰지 않았다. 실제로 맥주병을 찾으러 나선 지 얼마 지나지 않아 그것을 발견했기 때문에, 그는 최소한 이날은 자신이 한 생각과 행동에 조용히 만족한다고 믿어 의심치 않았다(맥주병은 빗물받이 바로 옆에 있기는 했지만 간밤에 내린 서리로 인해 터져버렸고, 에거는 언 맥주를 아이스바처럼 입에 넣고 녹여 먹었다.).

출생증명서에 의하면, 에거는 일흔아홉 살이 됐다(물론 에거는 출생증명서가 거기에 찍힌 스탬프 잉크만 한 가치조차 없다며 경멸하기는 했다.). 그는 스스로 가능할 거라고 여겼던 것보다 훨씬 오랫동안 생을 견디어냈고, 대체로 만족할 만한 삶을 살았다. 에거는 어린 시절, 전쟁, 눈사태에서 살아남았다. 어떤 일이든 불만 없이 열심히 했다. 바위를 폭파할 수 있도록 바위에 이루 헤아릴 수 없을 정도로 많은 구멍을 뚫었으며, 수많은 나무를 베었다. 그동안 에거가 자른 나무 수는, 겨울 한 철 동안 소도시 전체의 난로에 넉넉히 불을 때고도 남을 것이다. 그는 거듭 자신의 삶을 하늘과 땅을 잇는 케이블에 매달아놓았다. 말년에는 관광객들을 안내하며 정확히 파악할 수 없을 정도로 많은 사람들을 겪었다. 그는 자기가 아는 한 언급할 만한 죄를 지은 적이 없다. 그리고 세속의 유혹, 폭음, 오입질, 폭식에 빠진 적이 없다. 그는 집을 한 채 지었고, 무수한 침대에서, 외양간에서, 화물차의 짐칸에서 잤고, 심지어 러시아에서는 나무상자 안에서 며칠 밤을 보내기도 했다. 그는 사랑을 했다. 그리고 사랑이 자신을 어디로 이끄는지 암시를 받았다. 남자 여러 명이 달빛 아래에서 이리저리 거니는 광경을 본 적도 있다. 신에 대한 믿음이 흔들린 적도 없고, 죽음도 두렵지 않았다. 그는 어디서 태어났는지 기억이 떠오르지 않았고, 최후의 순간에는 어디로 가게 될지도 몰랐다. 하지만 그동안 겪었던 시간을, 자신의 삶을 후회나 연민 없이 돌이켜볼 수 있었다. 그러면서 목구멍이 찢어져라 웃었고, 아울러 엄청나게 놀라기도 했다.

안드레아스 에거는 2월 어느 날 밤에 세상을 떠났다. 자신이 종종 예견했던 것처럼 바깥 어딘가에서, 목덜미에 햇볕을 쬐며 또는 이마 위로 별이 가득한 하늘을 바라보며 죽음을 맞이하지는 않았다. 그는 자신의 집에서 탁자에 앉은 채 숨을 거두었다. 촛불은 꺼져 있었고, 에거는 희미하게 비치는 달빛 아래 앉아 있었다. 달은 먼지와 거미줄 때문에 흐릿해진 전구처럼, 작은 사각형 모양의 창문에 걸려 있었다. 에거는 다음 날 하기로 마음먹은 일을 생각했다. 양초 두어 개를 사고, 틈이 생겨 외풍이 심하게 들어오는 창틀을 메우고, 오두막 앞에 깊이는 무릎 정도 되고 폭은 적어도 30센티미터 정도 되는 도랑을 파서 눈 녹은 물이 다른 방향으로 빠져나가도록 해야지. 날씨만 잘 협조해준다면 이 많은 일을 확실하게 해치울 자신이 있었다. 전날 저녁에 다리가 전혀 쑤시지 않으면, 다음 날 날씨는 최소한 평온했다. 에거는 다리 생각을 하면서, 오랜 세월 세상을 두루 돌아다닌 이 썩은 나뭇조각 같은 다리를 생각하면서 상쾌한 기분을 흠뻑 느꼈다. 아울러 지금 자신이 생각을 하고 있는 것인지 아니면 꿈을 꾸고 있는 것인지 더 이상 분간이 되지 않았다. 그의 귀 아주 가까운 곳에서 무슨 소리가 들렸다. 어린아이에게 말하는 것 같은 부드러운 속삭임이었다. "하지만 이미 늦은 것 같군." 에거는 자신이 중얼거리는 소리를 들었고, 자기가 말한 몇 마디 단어가 눈앞에 둥실둥실 떠 있다가, 창문으로 들어오는 조그마한 달빛을 받으며 터져버리는 광경을 보았다. 에거는 심장 쪽에서 날카로운 통증을 느꼈고, 자신의 상반신이 서서히 앞으로 쓰러지는 광경을 바라보았다. 한쪽 뺨이 탁자 표면에 닿았다. 에거는 그런 자세로 쓰러진 자신의 모습을 지켜보았다. 자신의 심장이 뛰는 소리가 들렸다. 심장 뛰는 소리가 멈추자, 고요함에 귀를 기울였다. 참을성 있게 심장이 다시 뛰기를 기다렸다. 더 이상 심장이 뛰지 않자, 그는 그것을 순순히 받아들였고 죽었다.

사흘이 지난 뒤, 우편집배원이 지역 신문을 전하려고 창문을 두드리다가 에거를 발견했다. 에거의 시신은 겨울 날씨 덕분에 잘 보존되어 있었고, 아침 식사를 하다가 잠이 든 것처럼 보였다.

에거는 다음 날 묻혔다. 장례식은 짧게 진행됐다. 무덤 파는 사람들이 미리 소형 굴삭기로 얼어붙은 땅을 파낸 구덩이에 관을 내려놓는 동안, 교구 주임 신부는 너무 추워 몸을 덜덜 떨었다. 안드레아스 에거는 아내 마리 곁에 나란히 묻혔다. 그의 무덤에는 거칠게 다듬어진, 여기저기 금이 간 석회석이 세워졌다. 여름이 되자 석회석 주변에는 연보랏빛 좁은잎해란초가 피었다.

숨을 거둘 날까지 6개월도 채 남지 않은 어느 날 아침, 에거는 마음이 불안한 상태로 잠에서 깨어났다. 불안감 때문에 눈을 뜨자마자 바깥으로 나갔다. 때는 9월 초였다. 하늘을 덮은 구름 사이로 햇살이 내비치는 그곳에서, 교외 통근자들이 모는 자동차의 헤드라이트가 번쩍거리는 광경을 보았다. 그들은 어떤 이유에선지 관광업으로는 생계를 이어나가지 못했고, 그래서 매일 아침 골짜기 너머에 있는 일터에 제시간에 도착하려고 줄줄이 차를 몰고 저 길을 따라 나갔다. 에거는 자동차의 다채로운 행렬이 마음에 들었다. 행렬을 이룬 자동차는 짧은 구간을 구불구불 달리다가 결국 부연 빛 속으로 윤곽을 잃으며 사라져버렸다. 동시에 에거는 이러한 광경을 보며 슬픈 기분이 들었다. 에거가 이 지역을 떠나본 건 ― 인근에 설치된 비터만 운트 죄네 회사의 케이블카와 체어리프트 시설로 작업을 나간 것을 제외하면 ― 단 한 번, 즉 전쟁에 나갔을 때뿐이었다. 그는 언젠가 저 길을 따라, 당시 깊은 도랑이 통과하는 들길 외에는 거의 아무것도 없던 저 길을 따라,

마차 마부석에 탄 채 처음 골짜기로 들어오던 때를 떠올렸다. 바로 이 순간, 깊숙이 타오르는 갈망이 그를 엄습했다. 이러다가는 심장이 녹아버리는 게 아닐까 걱정이 될 정도였다. 에거는 다시 한 번 뒤돌아보지 않고 달리기 시작했다. 절뚝거리고 비틀거리기는 했지만, 온 힘을 다해 빠른 속도로 마을을 향해 달려 내려갔다. 우뚝 솟은 포스트 호텔 바로 옆에 있는 정류장에서, 노란색 5호선 버스, 일명 '일곱 골짜기 노선'이 엔진 시동을 건 채 출발 준비를 하고 있었다. "어디로 가시려고요?" 운전기사가 이쪽을 쳐다보지도 않고 물었다. 에거가 아는 남자였다. 이 남자는 전직 대장장이가 운영하는 스키 공장에서 바인딩 조립공으로 몇 년 동안 일하다가 관절염에 걸려 관절이 뒤틀리는 바람에 버스 회사에 취직했다. 그의 두 손이 너무나 커서, 잡고 있는 핸들이 조그마한 장난감 고리처럼 보였다.

"종점까지 갈 거요! 이 차가 갈 수 있는 가장 먼 곳까지 말이오." 에거가 말했다. 그는 승차권을 사서 뒷줄 빈자리, 피곤해 보이는 마을 사람들 사이 중간에 앉았다. 그들 가운데 일부는 에거와 안면이 있었다. 그들은 자가용을 살 돈이 없거나, 아니면 나이가 너무 많아 운전 기술과 속도를 제대로 파악하지 못했다. 문이 닫히고 버스가 출발하자 에거의 심장은 미친 듯이 요동쳤다. 그는 자리에 풀썩 주저앉은 채 눈을 감았다. 얼마 동안 그렇게 있다가 몸을 일으키고는 눈을 떴다. 마을은 사라져버렸고 길가에 있는 사물이 획획 지나가버리는 광경이 보였다. 밭에서 갑자기 모습을 드러낸 조그마한 펜션. 휴게소. 주유소 간판. 광고판. 울타리 앞에 어떤 여성이 한 손을 허리에 얹은 채 서 있었다. 그녀의 얼굴은 담배 연기 때문에 불분명하고 희미했다. 에거는 생각에 잠겨보려 했지만, 창밖에서 마구 쏟아져 들어오는 형상들 때문에 피로를 느꼈다. 잠들기 직전, 자신을 골짜기에서 빠져나오게 한 갈망을 다시 불러내려 애를 썼다. 하지만 더 이상 갈망은 피어오르지 않았다. 잠깐 동안 심장 쪽에서 조금 타오르는 것을 느꼈지만, 어디까지나 상상일 뿐이었다. 그리고 잠에서 다시 깨어나자 자신이 무엇을 하고 싶은지, 도대체 버스에는 왜 탔는지 더 이상 기억이 나지 않았다.

에거는 종점에서 내렸다. 잡초로 뒤덮인 콘크리트 평지를 가로질러 몇 발짝 걷다가 멈춰섰다. 어느 방향으로 가야 할지 몰랐다. 지금 서 있는 광장, 벤치, 높이가 낮은 역 건물, 그 뒤에 있는 집들 전부 그에게 아무 의미가 없었다. 에거는 주저하며 걸음을 내딛다가, 다시 멈춰섰다. 오싹한 기분이 들었다. 급히 서둘러 나오는 바람에 재킷을 걸치는 것을 깜빡 잊었다. 모자를 쓸 생각도 못했고, 오두막 문도 잠그지 않고 나왔다. 에거는 그냥 달려나왔고, 이제 후회가 밀려왔다. 저 멀리 어딘가에서 소란스럽게 떠드는 소리가 들렸다. 아이가 부르짖는 소리, 그다음으로는 자동차 문이 쾅 닫히는 소리, 점점 커지다가 결국 급격히 낮아지는 엔진 소리. 이제 에거는 몸이 몹시 떨려, 아무 데나 가서 무언가라도 꼭 붙들고 싶은 마음이 간절했다. 그러나 바닥만 내려다볼 뿐

움직일 엄두가 나지 않았다. 그는 내면의 눈으로 자기 자신을 바라보았다. 늙은 남자가 쓸모없이 갈 곳을 잃은 채 텅 빈 광장에 서 있었다. 평생을 살며 이렇게 부끄러웠던 적이 없다. 바로 이 순간, 에거는 누군가가 자신의 어깨에 손을 얹는 것을 느꼈다. 천천히 뒤를 돌아보니 버스 운전기사가 앞에 서 있었다.

"정확히 어디로 가고 싶으신 거예요?"

그 남자가 물어보았다. 늙은 에거는 그냥 선 채로, 필사적으로 대답을 찾아내려 안간힘을 썼다.

"모르겠구먼. 도무지 모르겠어."

에거는 이렇게 말하고는 천천히, 거듭 머리를 흔들었다.

버스를 타고 집으로 돌아가면서, 에거는 골짜기에서 출발할 때 골라 앉았던 바로 그 자리에 앉았다. 운전기사는 그가 버스에 타는 것을 도왔다. 버스비를 요구하지도 않았고, 에거를 뒷자리로 안내하면서 이런저런 말을 보태지도 않았다. 에거는 이번에는 잠이 들지는 않았지만, 돌아가는 길은 아까보다 짧게 느껴졌다. 기분이 훨씬 나아졌고 심장도 진정됐다. 버스가 처음으로 산악 지대의 푸른 그림자로 물들자, 떨리는 증세 역시 사라졌다. 에거는 창밖을 내다보았고 자신이 무엇을 생각해야 하는지, 무엇을 느껴야 하는지 갈피를 잡지 못했다. 집을 떠나본 지가 상당히 오래되었기 때문에 다시 집으로 돌아간다는 것이 어떤 느낌인지 잊어버렸다.

마을 정거장에서 에거는 고개를 끄떡여 운전기사에게 작별 인사를 했다. 원래는 되도록 빨리 집으로 돌아가려고 했다. 하지만 마을의 마지막 집을 뒤로 하고 자신이 사는 오두막으로 이어지는 계단 모양의 오르막길이 눈앞에 보인 순간, 에거는 갑작스럽게 든 기분을 따라 왼쪽 길로 방향을 틀어 인적이 드문 오솔길로 들어섰다. 오솔길은 이름 없는 황록색 연못가로 나 있었고, 위쪽으로 글뢰크너슈피체까지 구불구불 이어져 있었다. 에거는 잠깐 동안 철조망을 따라 길을 걸었다. 이 철조망은 지방 자치 단체가 눈사태로부터 마을을 지키려고 설치한 것이다. 그러다가 에거는 바위 사이 좁고 갈라진 틈을 디디며 올라갔다. 사람들이 이 틈 깊숙한 곳에 철봉을 박아 안전장치를 해두었다. 마침내 에거는 분지가 움푹 꺼지며 드리운 그림자 안에 있는 카르비젠 목초지를 가로질렀다. 풀은 축축하게 빛났고 땅에서는 썩는 냄새가 피어올랐다. 에거는 재빠르게 움직였다. 산에 오르는 건 아주 쉬웠다. 어느새 피로는 잊히고 추위도 거의 느껴지지 않았다. 에거는 발걸음을 옮길 때마다, 저 아래 낯선 광장에서 사로잡혔던 고독과 절망 따위는 전부 내팽개쳐버린 듯한 느낌이 들었다. 귓속에서 피가 쏴쏴거리며 지나가는 소리가 들렸고, 서늘한 바람이 이마에 맺힌 땀을 식혀주는 느낌이 들었다. 움푹 꺼진 분지의 가장 깊숙한 지점에 도착하자 에거는 허공에서 거의 알아채지 못할 움직임을 간파했다. 작고 하얀 것이, 눈앞에서 춤을 추었다. 머지않아 하나 더 나타났다. 그다음 순간 무수한, 아주 작은 구름 조각 같은 것이 허공을 가득 채웠다. 구름 조각은 천천히 떠다니다가 땅으로 내려앉았다. 처음에는 어딘가에서 바람에 실려온 꽃잎이라는 생각이 들었지만, 지금은 9월이고 더 이상 꽃이 피지 않는 시기인 데다, 이렇게 높은 곳에서 꽃이 필 리가 없었다. 에거는 지금 눈이 내린다는 것을 알아차렸다. 눈은 하늘에서 점점 빽빽하게 내렸고 바위에, 진녹색 목초지에 내려앉았다. 에거는 계속 걸었다. 미끄러지지 않으려고 바짝 주의를 기울이며 발걸음을 내디뎠다. 몇 미터쯤 걷다가 한 번씩, 속눈썹과 눈썹에 내려앉은 눈송이를 손등으로 훔쳐냈다. 바로 그때 에거에게 어떤 추억이 싹을 틔웠다. 아주 오래전에 있었던, 이제는 너무나 희미해진 장면이 짧게 떠오른 뒤 지나갔다. "아직은 아니야." 에거는 낮은 목소리로 중얼거렸다. 그리고 겨울이 골짜기 위로 가라앉았다.

한 남자, 산, 고독, 죽음의 사중주

2016년 맨 부커 인터내셔널 상은 무엇보다 한강 작가의 역작 『채식주의자』가 수상의 영예를 안은 것으로 우리 마음속에 선명하게 각인되었다. 특히 오르한 파무크(터키), 옌롄커(중국), 엘레나 페란테(이탈리아) 등 쟁쟁한 거장의 작품을 제치고 수상한 것이라 의의는 더욱 깊다.

이 책 『한평생』은 2016년 맨 부커 인터내셔널 최종 후보작 6편에 오른 소설이다. 이 소설을 쓴 로베르트 제탈러는 다른 최종 후보작 작가와는 달리, 영미권에 거의 처음 소개된 오스트리아 소설가라는 점에서 주목을 받았다.

로베르트 제탈러의 이력은 독특하다. 1966년 8월 7일 오스트리아 빈에서 태어난 제탈러는 어렸을 때 시력이 무척 나빠 시각 장애인 초등학교를 다녔다. 또한 제탈러는 본격적으로 소설을 쓰기 전 배우 활동을 시작했고 현재도 연극, 영화, 텔레비전 드라마에 출연하고 있다. 제탈러가 출연한 작품 중 잘 알려진 것은, 올해 아카데미 시상식에서 성악가 조수미가 주제가상 후보에 오른 영화인 〈유스〉다. 아울러 그는 시나리오도 여러 편 썼다.

하지만 로베르트 제탈러가 국제적인 명성을 얻은 것은 장편 소설을 통해서이다. 본격적으로 주목을 받게 된 제탈러의 출세 작은 2012년 작품 『담배 가게 소년(Der Trafikant)』이다. 이 소설은 1937~1938년을 시대적 배경으로 한다. 이 소설의 주인공인 열일 곱 살 소년 프란츠는 담배 가게 견습생이 된다. 이때 세계적인 정신분석학자 지그문트 프로이트를 알게 되어 우정을 쌓아간다.

이 소설에서 알 수 있듯, 제탈러는 역사적 사실과 허구를 적절하게 섞은 작품에서 탁월한 기량을 발휘하고 있다. 명실상부하게 제탈러의 대표작이 된 2014년 소설 『한평생』도 예외가 아니다. 이 소설은 오스트리아 서부 티롤 산악 지역의 휴양지 개발을 주요 배경으로, 허구의 인물인 안드레아스 에거의 한평생을 덤덤하지만 세밀하게 따라가고 있다.

『한평생』은 극적인 스토리나 개성 있는 인물이 두드러지는 작품은 아니다. 이 소설은 평생 고독한 삶을 살았던 안드레아스 에거의 시선과 심리를 따라간다. 과묵한 남자 에거의 덤덤한 성격답게, 『한평생』의 분위기는 내향적이고 사색적이다.

『한평생』은 티롤 지방 산간 지역의 풍경 묘사가 상당 부분을 차지한다. 자연 그대로의 정취를 간직했던 이 지역은 케이블카가 설치되고 스키 휴양지로 개발되는 과정을 통해 중대한 변화를 겪는다. 이러한 변화의 과정은 에거의 시점에서 정교하게 묘사되며 『한평생』의 핵심을 이룬다. 어찌 보면 '자연인'에 가까운 존재인 에거는 아이러니하게도 '문명화' 과정에 연루되면서 자신의 노동 가치와 인생 의의를 제대로 부여받는다. 『한평생』의

핵심을 이루는 주제는 죽음이다. 안드레아스 에거의 곁에는 항상 죽음이 따라다닌다. 죽음은 때로는 느닷없이, 때로는 자연스럽게 침투한다. 에거의 주변 사람들이 보이는 죽음에 대한 반응도 다양하다. 어떤 이는 필사적으로 죽음을 두려워하고, 반면 또 어떤 이는 담담한 자세로 애써 피하지 않으려 한다. 죽음이 얼른 자기에게 다가오기를 갈구하는 인물도 있다.

에거는 이렇게 주변 사람에게 찾아오는 여러 죽음의 양상을 한평생 지켜보다가, 마지막에는 직접 죽음을 맞이한다. 에거가 죽음을 어떻게 여기는지는 『한평생』에서 뚜렷하게 드러나 있지는 않다. 비록 "신에 대한 믿음이 흔들린 적도 없고, 죽음도 두렵지 않았다"(148쪽)는 태도를 유지하고 있었지만, 소설 끝에 등장하는 "아직은 아니야"(155쪽)라는 에거의 독백을 보면, 아무래도 삶에 대한 애착과 미련이 더 많았던 것으로 보인다. 이처럼 죽음은 삶의 일부로 『한평생』의 주요 배경인 산악 지역이라는 환경과 자연스럽게 어우러지며, 고독으로 점철된 남자 에거의 인생에 오묘한 색채를 드리운다.

'순수문학'의 결정체라고 할 수 있을 소설 『한평생』은, 극적 스토리나 플롯이 풍부한 편이 아니라는 이유로 우리나라에 비교적 늦게 번역 출간하게 됐다. 사실 이 책은 작년 봄에 국내 출판계에 소개되었지만, 여러 이유로 판권 계약까지 이르지는 못했다.

『한평생』이 2014년 독일에서 베스트셀러가 되고 매체의 극찬이 잇달았으며 영국과 미국을 비롯한 여러 나라에서 번역 출간 되었음에도 불구하고, 우리나라 출판계는 이 작품에 대해 '확신'을 갖지 못한 것으로 보였다.

사실 나도 그 당시에 이 책을 검토했는데, 이후 한동안 소식을 듣지 못했다. 그러던 중 올해 초 '그러나 출판사'가 『한평생』의 판권을 전격적으로 계약했고, 운명적으로 내가 번역을 맡게 됐다. 번역을 시작한 직후 『한평생』이 맨 부커 인터내셔널 상 최종 후보작에 올랐다는 기쁜 소식을 들었다.

『한평생』은 장편 소설로서는 분량이 짧은 편이지만, 매우 섬세한 문체 때문에 번역하기 만만치 않은 작품이다. 이 문체를 살리기 위해 노력을 기울였다. 번역을 하다 뜻대로 풀리지 않으면 참으로 막막한 심정이 엄습했는데, 이렇게 홀가분하게 옮긴이의 말을 쓰는 순간이 오게 되어 가슴이 뭉클하다.

한평생

초판 1쇄 발행 2016년 9월 26일
원작 *EIN GANZES LEBEN*
지은이 로베르트 제탈러
옮긴이 오공훈
발행인 도영
편집 김미숙
표지 디자인 오필민
마케팅 김영란
발행처 그러나 (등록 2016 - 000257호)
주소 서울시 마포구 동교로 142, 5층(서교동)
전화 02) 909 - 5517
팩스 0505) 300 - 9348
이메일 anemone70@hanmail.net
ISBN 978 - 89 - 98120 - 33 - 7 03850

* 이 도서의 국립중앙도서관 출판예정도서목록(CIP)은 서지정보유통지원시스템 홈페이
  지(http://seoji.nl.go.kr)와 국가자료공동목록시스템(http://www.nl.go.kr/
  kolisnet)에서 이용하실 수 있습니다.(CIP제어번호 : CIP2016022033)
* '그러나'는 솔빛길의 문학·인문 전문 브랜드입니다.